大美中国

夫中国——

江月初照

三环出版社
SANHUAN PUBLISHING HOUSE

U0575661

图书在版编目（CIP）数据

江月初照 / 张秉正著 . -- 海口 : 三环出版社（海
南）有限公司，2024. 9. -- （大美中国）. -- ISBN 978-
7-80773-316-4

Ⅰ . I267.1

中国国家版本馆 CIP 数据核字第 2024TN1862 号

国　江月初照
……ONGGUO　JIANGYUE CHUZHAO

　张秉正
　张华华
　孙雨欣
　吕宜昌
三环出版社（海口市金盘开发区建设三横路 2 号）
邮　编 570216　　邮　　箱 sanhuanbook@163.com
王景霞　　总 编 辑　张秋林
三河市同力彩印有限公司
…SBN 978-7-80773-316-4
…3
…50 千字
…24 年 9 月第 1 版
…24 年 9 月第 1 次印刷
…mm × 960 mm　1/16
…00 元

江月初照 Contents 目录

飞向巴厘岛

文莱之旅

　　难得在上海的两个女儿的一片孝心，邀请我和老伴一起去印尼巴厘岛度假。巴厘岛，南亚的明珠，人间的天堂。阳光灿烂的海滩，宫殿一样的花园别墅，听着大海涛声，把身子埋在细细的沙滩里入眠，接受阳光的抚摸和烘烤，该是多么惬意！这种生活方式似乎来得太早，与我们在淮北买刚上市的时鲜菜，还有时要

把菜篮子缩回去的较为克俭的生活还差着老大的距离，最后还是"服从"。于是我与老伴、大女儿、外孙女美美一起乘坐10月5日的豪华班机飞往巴厘岛。

上海商务国际旅行社组织游巴厘岛送文莱活动。10月5日午后从上海浦东国际机场出发，约5个小时，晚上九点抵达东南亚首富之国——文莱国。

文莱又叫文莱达鲁萨兰国。是世界上最小的国家之一，也是世界上最富有的国家之一（靠天然气、石油地下资源）。这个国家信奉伊斯兰教，禁酒、着装严肃，晚上十点后，城市静悄悄一片。教徒们早晨四点半开始祈祷，对宗教的虔诚可想而知。极其富有的高质量的现代文明生活（国王的儿子从皇宫里出门被我们看到了，三辆摩托车开道，两辆宝马车开路，国王的儿子与女友乘坐F5赛车，风驰电掣般而过），国际化的目光，面向全球开

放的心态，最高统治者的威严（所参观的清真寺皆为国王所造，一个国王造一座清真寺，据说在首都就有几十座风格不同的清真寺，数一数奢华的台阶级数便可知道国王的年龄。清真寺，金碧辉煌，气势逼人，壮美恢宏）交织在一起，构成了这个国家的丰富性和不可预测性。

我们下榻的宾馆为首都斯里巴加湾市涉外的最好宾馆，大厅里陈列着克林顿、江泽民、朱镕基等各国家领导人在这里下榻的照片。金色大厅豪华典雅。

晨起乘观光电梯达十楼，整个文莱尽收眼底，远处大海壮阔的海岸线，呈现着迷人的风采，近处高大的椰林泛着金光，美轮美奂。

上午集体去国王皇家博物馆和清真寺参观。皇家博物馆陈列着皇家成员接受各国国家首脑馈赠的礼品，精美绝伦，富有本民

族特征。大厅里展览着国王乘坐的镶金的马车，厅堂里铺着上等的波斯地毯，豪华至极。裹严白头巾的文莱女子，身着拖地的长袍，一脸的拘谨和刻板，迎接着来客。清真寺里不得拍照，进清真寺要赤脚，穿伊斯兰长袍，沐浴。穿行在时明时暗，宛若迷宫的清真寺，笼罩在宗教气氛之中。

肤色不同、种族不同、信仰不同，政治、经济、文化、习俗、地理等多种因素构成了当今社会的多元性，也形成多种多样的生活方式。这种生活方式一旦形成，就具有强大的稳定性。

梦幻巴厘岛

从巴厘岛归来后有朋友不断问："巴厘岛真的很美？"我连声说"是"，百闻不如一见啊！

我喜欢游历，去过俄罗斯海参崴、越南下龙湾、泰国芭堤雅，国内海滨大连、青岛、宁波、温州、福州等靠海的诸多城市走个遍，应当说每个地方可圈可点的风景不少，但去了巴厘岛，却有"一岛之游，风光尽揽"之满足。素有人间乐园、梦幻艺术之岛之称的巴厘岛拥有大面积自然风光，美在这里集中展示：海景、火山、多彩的岛屿，壮观的日出，庙宇成群，古代村落，雕刻绘画，四季葱翠的热带风光，万花繁茂，椰树成林的植物天国，入住皇宫一样的海滨酒店，吃海鲜、喝当地纯正的咖啡，赏海景、沐温泉、欣赏曼妙的土著舞蹈……自然、生态之和谐，世外桃源的幻境，让人乐不思蜀，乐不思蜀啊！

下面请随着我这笨拙的笔触去一趟那南太平洋与印度洋交汇

处，海边天国——印尼巴厘岛。

10月6日下午两小时的飞行，我们从文莱直飞巴厘岛。飞机场依傍大海边，阳光灿烂，古老神庙建筑与现代机场相映生辉，走下舷梯时，海湾吹来凉爽的海风，十分惬意，一种微热的感觉。

迎接你到来的是灿烂的笑容和美女送上的鲜花，导游尤罕娜是华侨，原籍广东惠州人，她为第三代，原住雅加达，因1965年9月30日发生震惊世界的"九三〇"排华事件，尤罕娜逃离到巴厘岛，一住下便是四十年（华人在印尼经商，天道酬勤，大多成了当地富翁）。对待从国内来的同胞，尤罕娜非常热情周到，一脸笑容，这使我们来到异域的人感到自然放松。

车子穿行在市区，道路窄，摩托车亦十分多，在闪着高大的椰子树光影下飞过。椰子树到处可见，一直延伸到海滨浴场边。椰子树在这里被视为神灵，尤罕娜介绍，建筑一般不得超过椰子

树的高度，所以我们看到这里建筑一般都不高。她介绍说，城市里一家宾馆高度为九层超过了椰子树，结果引起一场火灾，受到神的惩罚，这个故事扑朔迷离，作为我这种懂得点民俗学的人来说，这也是当地原始部落的一种图腾崇拜，正如我们黄河流域对龙的崇拜一样，植物类崇拜如"二树连理"也称为祥兆。

尤罕娜的讲解也让我对椰子树这个符号特别注意，以椰子树为背景，甚至为主体的图片真拍了不少。

女儿安排我们住进希尔顿酒店，这里到处奇花异草，绿荫喷泉，鲜花围绕着湖泊开放，木刻石雕，特别是走进豪华气派皇宫一样的门厅，典雅不凡的大堂，再加上穿着民族服饰的乐师用木琴敲击着轻松美妙的音乐，顿时春风扑面，如临仙境。

早就嗅到海的气息了，放下行李就开始奔向大海，面向大海，春暖花开：

潮汐镀上初月的妩媚

一层一层

涌向海滩

裸足走向海

脚印里该长出多少新鲜

遐思牵来金黄的渔歌

潮声涨满仓门

有烛光明明灭灭

大海是一幢美丽的客栈

女性柔情

安抚我游子的疲惫

……

　　这是我在厦门鼓浪屿看海时写的一组小诗中的几句，彼时彼地又唤起我对大海的憧憬。

　　黄昏下的海特别迷人，风不大，树影婆娑，比基尼、躺椅、音乐、弯弯的通向大海的小路，海滩边悠闲的气氛让你浑身自在，遍身轻松。睡在躺椅上你会不知不觉入梦。脑子忽然闪现出在机场上一群群挟着冲浪板的人，为什么从世界的四面八方纷至沓来，呀！大海当是他们的情人。

南太平洋观日出

我曾几度观海上日出，在赤道南端，在南太平洋看海上日出（这里仿佛离太阳最近），那会有多大兴趣。

昨晚已和外孙女来到大海边，也算摸清了今早如何摸黑

夜行。

天色未开，漆黑依然。我与老伴背好相机悄悄地出了门。

远处传来涛声，很像一个沉睡巨人均匀的鼾声，大海边阒无人影，只有花圃喷泉中的喷头在低空中画着弧线，更加深了海边的寂寥。

海风带着千古寒意，时而夹带着几声鸟的啁啾，大地还沉睡着。远处航标灯明明灭灭，这里黎明静悄悄。

"海日生残夜。"大概是诗人王湾的诗句。凝练之功，可谓神来之笔！在陆海之间，似乎是在太平洋与印度洋的交汇处，海天连接处闪着白光，渐渐亮起来，大海孕育出一只金凤凰，乘着七彩祥云，闪耀着炫目的光芒，慢慢地，随即一跃，腾地跳出海面。

虽无霞光万斛，但金凤吐彩，一片光明。

这就是我看到的南太平洋上的日出，伟大的天象奇观。

找不好相机的支点，想拍一张大海与人的剪影，老伴一任海风拂面，在亢奋中甘当参照物，脱下上衣挥舞着、欢呼着。

一只不知名的小鸟竟然落在不远的银色沙滩上，向着闪着银光的海面方向，像高贵的妇人拎着衣裙在舞动，银色沙滩上留下一串串脚印，不觉间又飞走了。

大千世界，万生万物对光明的渴望与憧憬，生生不息，绵绵不绝。

激情塔那罗海岸

晨起随团前往始建于 16 世纪的世界著名的塔那罗海神庙，波涛汹涌的印度洋，惊涛拍岸，让你真正感受到海洋的宏大、深邃和威猛。

步入海神庙景区入口处，你会听到海浪拍打礁石的声音。

而近处鲜花簇拥着海岸，海水那样蓝，那样柔情，那样温驯。

在靠近海神庙的浅滩上，是戏水的孩子们的天堂，鲜亮的遮阳帽，五彩的裙裾，跟着裙子跳来跳去的小狗，成为镶在这银色沙滩边上斑驳陆离的图案。

去观海神庙，进行一次大洋中的宗教膜拜，那不是"在此地允许逗留一个小时"所能做到的。那一方净土，香火袅袅，千年慈善之光正吸纳着络绎不绝前往膜拜的虔诚者的人流。

怀揣着相机的我，匆匆忙忙给老伴和孩子们拍了几张照，便

　　去高处拍海景。脚力尽时景方好。来到峭壁顶端，又是一番风光，靠近海神庙这边，是波光潋滟，而海岬的另一边波涛汹涌。

　　弄潮儿，当地骑着摩托车驮着冲浪板的小伙子们一个个如驾驭大海的骑士，说笑着、打趣着，跃入蔚蓝的大海之中。

　　与大海零距离亲密接触，给我心灵带来了震撼。我唱起了友人的《海浪之歌》：

　　　　一排排，海浪如卷起蓝地毯压过来，压过来，抱住礁石，狠狠地摔去……冲上去，再冲上去，钢铁一样线条，撞上海崖，在粉身碎骨中奔跑。

　　　　一排排，像整齐风疾的马队冲上去，再撤回来，呐喊着，一排排再冲上去。

是真正的英雄。

是久藏心底的渴望。

是爱和恨的交织。

是生命的辉煌，哪怕是一瞬，只有一次。

……

天风浪浪，水何澹澹，站在这印度洋边的海岬上，突然想起了我所喜欢的作家张承志先生在遍访天山深处的浩叹：人要获得怎样的机缘，才能和美如此接近呢？人若是生于如此美景，又会被造化出怎样的气质呢？人要是怀着这样的蕴藏和气质，又为什么默默无语，不求表达呢？

我仿佛在冥冥之中去了一趟海神庙，参悟了禅机，向着那些

冲浪刚爬上岸来的湿淋淋的棒小伙子奔去，为这些每天都要在悬崖上爬上爬下放牧大海的勇士拍一张英雄肖像，把他们的气质血性和大海一起装入我的行囊。

金巴兰海滩遐思

"真想变成一尾鱼，沿着这多情的呼吸的海去访问光明，做这大海永久性的居民……"

这是十多年前，我在祖国的渤海湾，看海时写的。

金巴兰海滩看日落，Disinisehang（在这里很快乐），导游尤罕娜用印尼语告诉我们。

靠近金巴兰海滩，已过下午四点，阳光依然灿烂，银色沙滩

吐着热气，海天一色，一如阳光无遮无掩。

　　海鲜餐馆搭起凉棚，摆上水果、瓜子、茶。顾不得脚下发烫，光着双脚，挂起相机，在海边溜达，卷起裤脚，一任海水冲刷。

　　金巴兰海岸很长很美，半月形曲线，海鲜酒楼一个接一个，面向着蔚蓝的大海，远处海上白帆点点，近处年轻恋人们在海边追逐着，孩子们在沙滩里捡着贝壳，空气中弥漫着烤鱼的醇香。

　　这里没有塔那罗海边惊涛拍岸的海景，壮阔的海岸线，海的平静，让人领略到一种深邃、广博的崇高和圣洁，海与人之间是多向度的，这是我对海的另一种感知。

20 年前，春节期间我去渤海湾的山东龙口矿务局授课，未想到靠海边一个偌大的宾馆只入住了我和呼和浩特来的一位朋友，每天傍晚饭后我们都要冒着严寒去海上看日落，沿着海岸走得很远很远。我曾经这样写道：海风吹，一群白色的飞翔，广袤的宁静，水的母亲的曲线，湿润的芬芳的气息，有规律不停歇的律动以及液体祖国的亲切气息……

这海景多么如眼前啊！

太阳正扯起它的金线在悄悄收网，阳光的热力已随着夜色的临近而减退，海鲜、热带水果、橘子汽水一一摆满了餐桌，穿着民族服饰的乐师们弹起吉他，吹起笛子，打击着木琴，列队站在餐桌旁演奏。

不同种族，不同肤色的人欢聚一堂，载歌载舞。

一场宏大的落日下的海滨情景剧悄悄拉开序幕。

美酒、海鲜加咖啡，一杯又一杯。

呷一口酒，看大海在搂着太阳的脖子，越搂越紧，海面由金黄变成暗红、血红……"因过竹院逢僧话，又得浮生半日闲"，幼时学过的诗句又涌上心头。

面对良辰美景，面对大海的宁静，我开始体会到现在流行起来的一句话：原来休闲也是一种财富！

壮阔的海湾，楼台亭阁，各种肤色的人云集，共同享受着这大海的恩赐。蓦然，一个念头在耳边回旋："这对我是不是一种奢侈？"

这些年，在体制内，在单位上，就像被抽动转起来的陀螺，为生计、为温饱、为住房、为职称、为功名、为孩子，一言以蔽之曰："忙。"忙忙碌碌，一地鸡毛，看不到一个有个性的真我，

把生活中最美好、最可爱的一些东西丢掉了。说到"休闲"，闲它那么两天便感到浑身不自在，恍恍惚惚，不知所措。休闲，成为一种奢侈品，到了两鬓飞霜这个年龄，终于可以卸下手头不得不干的事，开始做自己感兴趣的事，喜欢做的事。像一位智者所言"精神可以随心所欲地游荡"（林语堂语），才真正感到自己是个有血有肉的人，看到了一个真正的本我。

其实中国人并非粗野不文明，在闲暇时是最聪明、理智的，也是最可爱的，亲切、和蔼、活泼、愉快并富有情趣。

但对我们这代人，这种情趣需要时间来适应，需要调整心绪来适应。"过日子""过好日子""过得滋润"，是中国人最爱挂在

嘴边的口头禅。这足以说明中国人本来是懂得如何生活的，懂得休闲、懂得生活的艺术的。

从人类发展史上看，人类的生活形态不该也从来不应以地域、空间来划分。过去是在西方世界，现在上海、北京、成都、广州等地，灯红酒绿、花园洋房、香车美女、曼妙的音乐、上等的好酒、海鲜鲍鱼，如今已是司空见惯，也渐渐入了中国人的眼。享受这些现代文明并非西方人的专利。当然，一味追求奢华是另一回事，需要对生活方式理性的认知。但中国人的物质和精神文明也是早让西方人刮目的。

"休闲是一种财富"，也恰恰体现这个以人为本讲求和谐社

会的人文精神。

过了一次真正精神放松，自由自在的生活。那个美丽的岛屿——巴厘岛带来的体验是非常愉悦的。

斜晖中漫步金巴兰海滩，有一种穿透岁月的声音又涌到脚下：

大海是一幢美丽的客栈

女性柔情

安抚我游子的疲倦

王家大院建筑的灵性与人文气象

　　京城一家报纸曾赫然打出过这样的标题，"王家归来不看院"。坐落在晋中大地灵石县的王家大院在海内外产生广泛影响，游人趋之若鹜。纷纷拥向这座被誉为"华夏民居第一宅""中国民间故宫"和"山西的紫禁城"的王家大院。何矣，百闻不如一

见，走进王家大院，的确令人咂舌、令人震撼。随着宏大的场景开启，你将会处在不断惊喜和赞叹之中。

依山就势　胸有丘壑

王家大院坐落在晋中灵石县静升镇，这里原本土地贫瘠，物质匮乏。素称七沟八岭一面坡的黄土高坡，较为恶劣的自然环境，干旱贫瘠之地何以称为灵石之乡？

当地曾流行这样一个传说，隋文帝（公元590年）巡幸晋阳，途中挖河筑道掘出一物，以为祥瑞，遂以此筑城置县，以石定名，迄今一千四百余年矣。果然地灵生金，地下宝藏乌金滚滚来，享有矿藏之乡的美誉。

王家大院坐落在灵石县东约12公里静升镇高家崖下，懂得堪舆学的人告诉我们说，山西大院特讲究风水，这里负阴抱阳，可登高眺远，东挽晋中名山绵山，西望汾水，又能隐身山林，背风排涝。王家大院的先祖果然精明强干且富于智慧。民居靠崖而立，依山就势，雄踞之上，上承日月光华，下接地气，可谓自然和谐。

史载：静升王氏家族，开户于元代，鼎盛于明清，至今六百多年，传承二十八世，可谓望族。其城堡或建筑几乎与北京故宫同期建造（故宫为明永乐四年即 1406 年建造），坐北朝南，从西向东延伸，从低到高逐步拓展，讲究风水的王家大院布局上也严格恪守"东高西低，阴不压阳"的规则，修建起三巷、四堡、五祠堂的庞大基业，前后花了 300 多年时间，总面积达 25 万平方米左右。现已开放的高家崖、红门堡、孝义祠堂三组建筑群，共有大小院落 123 座，有房 1118 间，面积约 4.5 万平方米。王家大院依山就势，随形生变，层楼叠院，错落有致，堡墙高垒，四门恢宏，造成远近高低各不同的意境，在这砖与瓦的迷宫之中穿行，犹如聆听一首含蓄蕴藉的建筑音乐，深藏着一个神秘莫测的世界。

北京故宫当是世界上最恢宏、最瑰丽的建筑群之一，全城规划设计、匠心独运，一条南北贯穿十多公里的看不见的中轴线，从前门通过皇帝的金殿，一直贯穿到煤山（即今景山公园）的中心亭台，直穿入后面的鼓楼。这条中轴线像巨大的惊叹号发散开去，彰显皇家气派，令人战栗。

被誉为民间故宫的王家大院红门堡整体布局呈"王"字形（与王家姓氏暗合），中间的主干道，连接三条横巷，出进院落需先通过横巷才能转入主路。主体建筑依然是中轴对称，院、门结合即为整体，分开是独立门户，一开一合，一起一伏，相互联系，收放自如，其结构也与故宫相同，这种结构的同一性令人深思，透过这青砖灰瓦，可不可以窥测到封建王朝中官商一体，一脉相

承的心理模式呢?

故宫建筑面积只有约 15 万平方米,而王家占地 25 万平方米,故宫有房 9999 间半,王家鼎盛期有房 8000 多间,青砖灰瓦中隐隐透出王者之尊,晋商称雄的霸气。

走在这一条条沟、一道道巷、一座座堡,仔细打量和审视这恢宏的建筑群,从中不妨看出晋商的机巧、智慧,同时又有封闭、内敛的性格特征。皇家故宫的建筑是上下开合,纵横捭阖,"非壮丽无以重威"的建筑设计理念,其金碧辉煌的大屋顶直指苍穹,彰显泱泱大国,一朝天子的皇威。而作为深知皇恩浩荡,深谙皇家"四海之内,莫非王土",拥有至高无上皇权,王家也不敢显山露水,不敢像皇家那样在大屋顶上大做文章。而王家建筑靠崖而生,也不可在屋顶上大做文章。基于此,王家大院在建

筑结构上，在政治生态中，在深知地势之妙之后逐渐形成"贵精而不贵丽，贵新奇大雅，不贵纤巧烂漫"讲究实用的家族式的庭院设计理念。于是王家把智慧用在格局之上，用在屋檐立柱、楼栏护栏上，用在雕梁画栋上……这向东依次增高的硕大建筑群，门套门、院套院，窑顶建窑、房上坐房，圆中有方、方中有圆，阴阳和合，伏脉龙蛇，空间回荡，自有内在的冲力。

与山西太谷曹家巨贾靠卖砂锅为生而发迹一样，王家则是凭借勤劳、坚忍、精明、厚道的品质，以及经营豆腐买卖起家。（先祖王石靠卖豆腐为生）发迹后逐渐形成"以商贾兴，以官宦显"的理念，王家在大清鼎盛时期，通过科举、捐保、因袭等途径获五品至二品大员多人，多次御赐"皇马褂"、龙头拐杖。赫赫有名的王家在大兴土木之时，把光宗耀祖、流芳百世做得有模有样、有气有势；把这个聚族而居的大家族中的"家"文章做足。

布局之美、装饰之精，
彰显"家天下"的人文气象

体现中国"家"观念的王家大院把这种建立和谐家庭、男女有别、长幼有序、尊卑有分、内外有异的宗法观渗透进建筑之中。先以门为例，王家大院院门东、西、南、北四方皆有门。北门和西门比较简单，西门通红门堡，中间有一桥飞架两堡，悬在厚实高大的堡墙之上，方便两堡人来往走动；北门开在东北角上，专供护堡人和家丁们出入。东门和南门皆很讲究。东门供家人出入，也是今天游人迈进王宅的第一道门。门楼顶端镶嵌着

"视履"二字，既昭示主人的精神境界，也在教化家人积德行善走正道。南门也可谓正门，偏东南向，民间称为"抢阳"，门槛高于其他门，讲威仪，上有大红灯笼高高挂，下有一对大石狮子蹲立。山西历来有高门出贵子的说法，南门可谓厚实高大、富丽。通向堡门皆是石砌门道，达官贵客皆走此道。与门相向处立着一堵砖墙照壁。绕过壁墙，立一座木拱牌楼，外书"自一山川"，内刻"槐荣桂茂"。当地友人解其意，乃主人祈求安居乐业，勤俭持家，积善求德，也可理解对子孙秉承祖训、节俭、积德、克己、奋进、获取功名之期待。南大门宽敞明亮，视野开阔。北门、西门则比较局促逼仄。一位智者说，房门不仅是供走进走出的房门，也是引导我们进入人们家庭生

活，了解其中奥妙的"开门咒"。我们在那一扇色彩单调的小门
和一扇金环朱漆大门前的心境自然是不一样的。王家的治家思想
在门的构造上亦可略见一斑。

再看门里院落，据工作人员介绍，每座主院都有宽敞的正
院、偏院、套院、穿心院、跨院，或异军突起，或曲径通幽，大
中见小，小中见大，虚实相生，影影绰绰，出人意料，犹如文王
八卦图。这些院落在典雅之下极富实用功能，分堂屋、客厅、厢
房、绣楼、过厅、书院、厨房之别。既自成体系，又修有甬道相

连，在高大、坚固、封闭的外墙躯壳包裹下，一个结构比较复杂，不规则排列，但又有章法、气势宏大、堪称严谨的家族院落矗立在晋中大地。

王家大院在门匾和楹联上下功夫，更使大院建筑达到极致，王家大院几乎逢门必有匾额，逢院必有楹联，形成一个内涵精、极具文化气象的士大夫文化层次。据工作人员介绍，王家大院楹联有80多副，匾额120多块。从书法艺术上看，有楷书、行书、草书、隶书等；从形式上看，有大有小；从内容上看，有歌功颂德，如"甘雨和风帝泽深　黼华崇尚家声远"；有阐述宏伟大志的，如"邀造化孝祖先飞鹏起凤　枕丘山面溪水卧虎藏龙"；有宣传忠孝节义的，如"铭先祖大恩大德恒以礼义传家风训后辈务实务本但求清白在人间"。对仗之工，哲思妙理，犹如穿行在时光隧道与智者交流。雕刻艺术之精湛，诗、书、绘画熔于一炉，

让人拍案叫绝。走进大门，看到砖墙照壁，檐下牌匾"学勤""平为福""树德""清芬""廉耻自守则常足　道德是乐乃无忧"等，自然少了一份浮躁，多了一份平和、知足。正如一位文友所说，身临其境、淳朴敦厚的文化气息徐徐拂过。那神狮把门、灵兽翘望、瑞鸟盈门、吉兽吉鸟、吉祥花卉，营造出一片祥和。了不得！"王家廊和柱，根根皆风流。"装饰之美、装饰之精，如名手作画，不使一笔不灵矣。

　　面对这巧夺天工的雕刻艺术，又不能不想到王家大院后人的智慧，这些精致的木雕、砖雕、石雕有幸在"文化大革命"中躲过一劫。在那场史无前例的文化浩劫中，红卫兵打、砸、抢、抄、烧，几近疯狂，之所以"手下留情"，是因为院内照壁上正书毛主席语录，大院居民用泥巴糊住这些精湛瑰宝。面对这璀璨生辉的物质文化遗产，心中升起莫名的酸楚和眷恋。

　　站在这晋中的黄土高坡之上，面对这一堆砖瓦灰浆所表达的美，赋予的寓意让人遐思。

　　夕阳之中，我们一行来到高家崖下的苏溪村资寿寺，那里为大家所知，一级国宝明代彩塑十八罗汉佛头曾因被盗震惊世界而又被爱国人士从海外购回失而复得。在历史的风雨中正如王家大院一样躲过劫劫灾难。寺院里静悄悄的，香火袅袅。听着寺庙浑厚的晚祷的钟声，回望着眼前宏伟的建筑群，处在一片安详和宁静之中。弟子告诉我，离王家大院不远处就是风景秀丽的绵山，春秋晋国介子推偕母隐居被焚于此，介子推清正无欲、峻拔高逸之风百世流芳，为纪念他才有了寒食节（清明节前一天，晋中人来绵山悼念，禁火冷食）。人杰地灵的晋中，藏在山中人已识的王家大院，像一位饱经沧桑的历史老人在向我们传递着历史和人文的情思，在天朗气清、缥缈的雾霭中，仿佛有一种无声语言在表达着先人的智慧和灵性。

巴扎：南疆人一道 丰盛的大餐

　　到过南疆的朋友如果不亲历一下当地的巴扎会感到十分遗憾，如同"不到喀什不算到新疆"一样。

　　新疆维吾尔语称集市为"巴扎"。南疆即天山以南喀什、和田、阿克苏等地区，是维吾尔族人最集中的地区之一。这里遍布近千个巴扎。巴扎是南疆维吾尔族人民情有独钟之处。当地的朋

友说，巴扎是南疆人一座淘不尽的金山，没钱花了去巴扎，没有
生活用品去巴扎，去巴扎是一种寄托。维吾尔族人用巴扎组织起
来的生活丰富多彩，富有魅力。

　　一提到新疆的巴扎自然会想到喀什的巴扎。位于喀什东门
外的中西国际市场素有亚洲最大集市之称，亲历喀什的大巴扎，
其大而全真令人惊叹。置身于这如迷宫一样的庞大的商城和来自
世界各种肤色的人流之中，面对着光怪陆离、包罗万象的各种商
品，特别是在内地根本看不到的中亚和阿拉伯地区的物品，如土
耳其地毯、巴基斯坦铜雕、印度香料等和西域地方应有尽有的水
果，令人目不暇接。

　　当古铜色耀眼的阳光照射在这片大陆深处土黄色的巷道的店
铺门帘上时，那些映射在这土黄背景下带有图案层次感的红色、
棕色、黄色、白色的头巾让人感到扑朔迷离，那些从古老小巷深
处传来的并不嘈杂的金属敲击声和带有西域浓郁风情的热瓦普

的乐音，更彰显了这中亚地区的异域情调，仿佛置身在《一千零一夜》的神秘氛围之中。

　　徜徉在这历史古城的小巷中，浸泡在这巴扎奇妙的氛围里聊天、购物、闲逛、品尝，甚至是凑热闹，便会感到十分轻松、惬意和散淡。

　　喀什古称疏勒，是西域三十六国中的主要国度之一。帕米尔高原横亘西部，昆仑山雄峙西南，在这崇山峻岭边上，稼穑殷盛、果海绿洲。这里是古丝绸之路南北中三路的交会处。这丰腴之地自然世事多变，一千多

年前，东汉名将班超奉朝廷之命击败了犯乱的匈奴，立足疏勒，保护丝绸之路畅通。这位骁勇善战、叱咤风云的汉使在西域人民中留下了不少动人的传奇故事，至今仍在传颂。

　　沧海桑田，这座真正叫作喀什噶尔的历史古城到了今天自然会受到现代都市的浸染。在保留中世纪风貌谜一样的喀什土黄色民居后面，高楼在延伸，时尚的广告、音像店、迪厅、摩托车流……正在销蚀着这里古朴的特质，其商埠的经营观念也在嬗变。真正到南疆乡间巴扎走一遭，那种边陲少数民族人民经济文

化生活的原生态气息便会扑面而来，这里更多的是原汁原味的新疆民风民俗。

一个炎炎的夏日，这里的气温高达 40 摄氏度，但远没有内地的那种闷热和不适，特别是走在浓荫的果园葡萄藤架下和在白杨树干上面覆盖树枝和干草搭有顶棚的巷子内，便会感到十分舒服和爽快。我们在当地朋友的引领下来到南疆

和田地区巴格其镇逛巴扎，距镇子一二里地就早已挤得水泄不通，乡镇周围几十里人家几乎是全家出动，驴车、马车、骡车、骆驼架起的平板大车、小拖拉机、小载重货车，还有密匝匝的羊群全拥到路上。扬起的尘土，万头攒动的人流，空气里烤馕的醇香，夹杂着的汗味，刺鼻子的腥膻，嘈嘈杂杂的市声，缤纷的色彩，那些在凉棚下面被放大了几十倍的

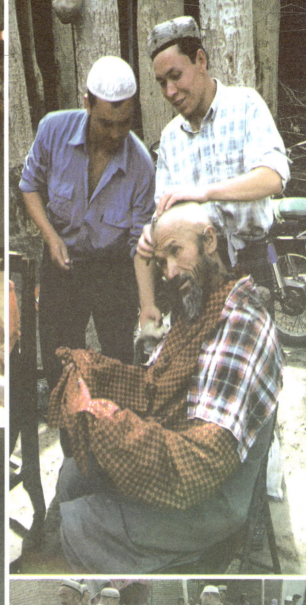

电视机、VCD 音响播放的带有浓郁的伊斯兰宗教色彩的图像和旋律……热烘烘地蔓延着、扩散着、迂回着，像多年失修的混浊的河流在涌动。

在拥挤杂乱的人流中，买主和卖主挤在一起。无数维吾尔族小白帽，点缀在黑压压的人群中。缠着白色头巾，穿着宽大上衣的维吾尔族男人阔步走来走去；穿着大红大绿服饰，戴着大块棕色面纱的维吾尔族女人也在巴扎里挤来挤去。这一切共同形成一道特有的亮丽的风景，也仿佛给喜欢民俗摄影的游人提供了一个不可多得的"大舞台"。

　　和田，古称于阗，是古丝绸之路的南道重镇。自古就以"稼穑殷盛，花果繁茂"著称，并以产玉、丝、地毯名扬中外，是著名的"玉石之乡""丝绸之乡""地毯之都"以及"瓜果之乡"。物产丰饶，民风淳朴，带给这里的喜逛巴扎的人惬意和充盈。从几十里外用毛驴车、马车拉来的新鲜水果、家具、草席、农副土特产品，不管有无售货棚、售货柜台，也乐此不疲地往镇子里挤。只要来巴扎，就能赚几个钱，只要来巴扎，心里就快活。除了农田，他们的寄托就在巴扎，在他们眼里，只要有一片能摆下货物的地方，能出摊的地方就行，土墙根、路边白杨树下便可安

营扎寨，常常是一块、一捆、一堆为计量交易，仿佛让人感到回到了童年时代。临街的铺面和规范了的售货大棚却并不杂乱拥挤，分门别类，秩序井然。卖土陶的不会往卖艾德莱丝绸（相当有盛名，风靡中亚西亚）衣料的摊子凑，卖风味小吃的也不会在卖于阗小帽子跟前套近乎。驻足定神，你可看到这密匝匝的商品摊点几乎听不见叫卖声。取得营业执照的维吾尔族商人们，十分安详地端坐在自己的店铺里面，他们任凭浪潮般的人们涌过来冲过去，气定神闲，仿佛在进行圣徒式修炼。这与那些无固定摊位，穿梭叫卖、兜售廉价商品的商贩迥然两样。逛巴扎的维吾尔族人穿梭其中，根本不用担心找不到方位，或迷路。他们说笑着，讨价还价着，从容沉静地挑购着。巴扎：是生性爽朗，爱凑热闹的南疆人一道丰富的精神大餐。

江淮古茶镇

被称为通济渠的隋唐大运河悄然在这里流淌过，直到 1999 年被列入中国考古十大新发现后（1999 年在皖北淮北市千年古镇——临涣身边的柳孜集开挖出了宋代石构桥梁遗址，唐代多艘沉船与二十多个窑口的精美瓷器等稀世历史文物），古老湮灭的

黄金水道因而身价百倍。因水而立，簇拥着大小上百家茶铺的江淮历史名镇临涣更加闻名遐迩。

临涣地处苏、鲁、豫、皖贸易往来交通要埠。历史悠久，孕育了秦相蹇叔、"竹林七贤"之首嵇康等历史名人，世俗至今仍有东晋旷达、闲适、淳厚之风，古镇边有众多名泉，又兼水陆交通之便，商贾云集，饮茶之风渐趋形成。早在东晋南北朝时期，临涣的茶馆就是以茶摊的形式出现的。

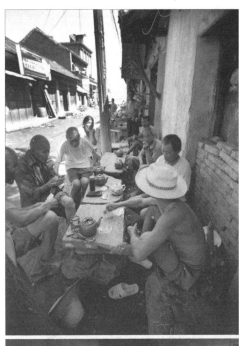

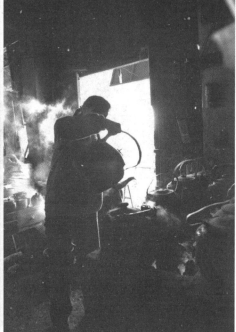

宋元时期，以卖茶为业的茶馆，在临涣古镇上已很普遍。据《宿州清代志》记载，早在宋代，临涣的回龙水就常作为礼物，被商人带往汴梁等一些重要城池。

明清时期，临涣茶馆日趋发达，成为临涣地区社会生活的重要内容和一大景观。茶馆对择水、选器、沏泡等，都有一定的讲究。据《通志载记》记载，明清时期的临涣茶馆就以独有的水源优势而远近闻名。茶馆的经营规模、茶馆的社会功能与影响也越来越大。清末，临涣茶馆数目就已达十几家，并衍生至今，临涣人的饮茶习惯也自此沿袭下来，已有近千年的历史。

现存的临涣老茶馆多是古色古香的明清建筑。青砖粉墙、重梁飞椽、小样黛瓦。临涣茶馆的门面简陋陈朴，有旧式的三开或多开门页，褐色、厚重的木板门，古旧的铜门环，精细的透窗雕棂，刚劲的黄旧横梁。室内经年烟熏火燎，黑乎乎的。房舍内的地面凹凸不平，乡土气很浓。

过去，茶馆办在主人自己的家中，没有名称，门前挂着一面"茶"字旗，以示招揽生意。茶馆被当作地点提及时，茶客就说"谁谁家的茶馆"。现在的茶馆大都有了自己的名字，如"怡心茶馆""江淮茶馆"等，"茶"字旗大多换成了木质招牌，或横或竖，或明朗或暗淡，镶嵌或装裱在门面的显眼处。

过去，烧茶用的"茶炉子"就是当地人俗称的"老虎灶"，灶体做得十分特别。炉口也就是"虎口"，用于续填谷壳或木材等燃料；炉口之后是两眼深锅，也就是"虎眼"，用于烧水；再后是一口大锅，也就是"虎灶"，用于保温开水；烟道，也就是虎尾，放在最后，用于排放炊烟。由于烟道设计合理，余热经大锅四周由烟道排出，厚厚的炉体起到保温作用，几米长的炉体平

卧在地上，形如一只老虎。现在的"茶炉子"改以煤炭为燃料，其形制也作了相应的改动。多数茶馆的炉子依墙而建，通体为长方体，煤炭直接从上面添送，入口一般可以并排放5至10个水壶不等。火苗从"茶炉子"洞内蹿出，直烧壶底。炉子旁边有一把"透火钎"，为了使炉火更旺，烧开水的人会提起茶壶，用"透火钎"捅火，火苗随火星霎时蹿起老高，壶水顷刻间就会沸腾起来。

茶馆里大都备有两个或更多的"砂缸"。主人将从浍河岸边回龙泉里运来的"活水"倒入砂缸。砂缸水生津润口，比井水甘甜清醇。现已停业的蓝田茶馆依然保留着清朝时期的两

口大"砂缸"。茶馆的
用水是人工挑来的。年
轻时靠给茶馆挑水为营
生的段汉鼎老人，对茶
馆别有一番情感。据段
汉鼎老人介绍，他年轻
时，从南阁下面的回龙
泉挑水，供给镇上的几
家茶馆，2分钱一担，
一天要挑150多担。

　　茶馆里一般都摆
设着几张八仙桌或陈年
古董般的木茶桌，配着
数条长凳。由于日深年
久，大部分桌凳缺角少
棱、残缺不全。后来，
茶馆多使用简易的方形
或长条木桌。主人还在
门面的两边或对面的
空地处，放些粗糙的
石墩、石凳，供茶客
使用。

　　茶馆里使用土瓷或
粗砂茶具。各家茶馆的
茶壶式样大致相同，但

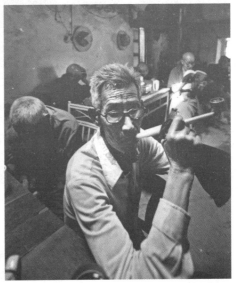

颜色有别，这样不会搞混。早些时候，使用的茶壶都是紫砂的。壶的一边带一个把，壶嘴是小狮子造型。早年烧水用的水壶多是方形的由水桶改制的，偶尔也有一些圆形的锡壶。

茶馆不仅用于招待茶客饮茶，还向街坊邻居供应开水。这与当年市民俭朴的生活习惯有关：一般家庭除做一日三餐时才举火烧灶，绝少有单为烧开水而费煤费柴的。日常若用开水，常提着茶壶、暖瓶去茶馆买水。为避免现金找零的不便，茶馆使用一种木质水牌，一牌一壶，这样就便利多了。另外，一些茶馆还备有香烟和糖果、瓜子、花生等小吃。茶馆的营业时间，从清早五六点起，直到晚上十点钟才打烊（即关闭店门）。有说书艺人演出时，往往持续到夜里十二点以后。

二

临涣的茶馆很多。沿南阁遗址向北的大街两侧，茶铺林立，茶香四溢。最鼎盛的时候，临涣有大小茶馆二十多家，每天接待茶客 6000 多人，如碰上逢集赶场，茶客更是摩肩接踵，穿梭不断。

由于缺少史料，早年的茶馆已湮没在历史的烟尘中。人们所能回忆起来的，多是 20 世纪三四十年代以来的茶馆。其中较早的有吴云生开的吴家茶馆和一荆姓人家开的荆家茶馆。中华人民共和国成立后，私人经营茶馆遭到禁止，茶馆由政府的商业部门接管。再后来，随着国家政策的调整，私人茶馆又逐渐兴办起来。

在众多茶馆中，较为出名的还有蓝田茶馆、江淮茶馆、南阁茶馆、怡心茶馆。

三

和全国其他地方的茶馆一样，临涣茶馆具有一般茶馆的共性，也蕴含着自己独特的优势和鲜明特点。

　　以家为店。临涣老茶馆的最大特点是以家为店。临涣集镇坐落在浍河北岸，老茶馆大都近水临街，多依家舍而设。

　　独特水质。俗语谓"茶好不如水好"。在天水、井水、江水、湖水、泉水中，茶对泉水情有独钟，而临涣的泉水又最宜沏茶。临涣城下四大古泉各具特色，它们是回龙泉、金珠泉、饮马泉和龙须泉，四泉沿浍河之水"L"形排开。临涣得天独厚的古泉资源，是临涣茶馆名扬四方的一大优势。1998 年水文专家对临涣泉水进行过专门化验鉴定，确认临涣泉水含有 23 种对人体有益的矿物质，这些矿物质活络通经，促进人体新陈代谢，因而对人体健康具有多种功效。另外，临涣泉水的张力极强，沏泡的茶水高出杯沿而不溢。临涣回龙水是硬水，同样是一杯茶，用回龙水泡制的就比用平常水泡制的重约 1 两。

　　独特茶料。临涣茶馆的茶有着鲜明的特色和唯一性，茶叶的唯一性是临涣茶馆"茶"的精髓。临涣当地不产茶，临涣茶馆使用的茶也并非一般的茶叶，而是专门取自两百里以外的六安的茶梗，临涣人把这种低廉的茶梗叫作红茶棒。说来也怪，在六安本地很少有人用这种棒棒茶，在其他地方用棒棒茶的几乎没有。最令人惊异的是，这种茶梗经临涣泉水的沏泡，雾气结顶，色艳味香，入口绵甜，回味无穷。但是一旦将这种茶梗带出临涣，用其他地方的水沏泡，永远不可能有这么好的味道、舒适的感觉和奇特的功效。很明显，六安的棒棒茶与临涣的古泉水达到了不可代替的完美结合。常饮这种棒棒茶，有春生津、夏消暑、秋提神、冬生暖的奇特功效，另外，还有解酒的功能。临涣棒棒茶的另一个特点是多饮不撑腹，无论喝多少，都不会有撑胀的感觉。饭前饮之能增进食欲，饭后饮之能帮助消化，闲暇饮之可舒神清心，劳累后饮之能解疲提神，常年饮之能延年益寿，一时饮之能充饥解渴。早些时候，除红茶棒外，茶馆还使用过秫秸库子（高粱秸

皮）、桑叶等作茶料。

　　独特茶客。临涣茶馆的茶客五花八门，三教九流。那些走街串巷的小贩、拉车挑担的朋友往往在此歇脚，风尘仆仆中喘口气、喝碗茶、抽袋烟；再不然，掏出窝窝头、咸菜，喝着茶，吃顿午饭……但是常来饮茶者，大都是当地有些年纪的人，六七十岁的老人占了茶客的一大部分。这些茶客满脸皱纹，手指关节尤其粗大，吸着劣质的烟。他们一大早从自己家中出发，有的离茶馆二三十里，不急不躁地缓缓走来，不时地与路见的熟人打声招呼，或调侃几句，然后继续走自己的路。来到茶馆，先缓慢地伸出手，从裤袋的深处掏出一个布包或纸包，举到眼前，一层层揭开，从中摸索出旧而平整的分币或毛票，很认真地数够三毛钱，递给茶馆的主人。茶馆的主人拿来一把茶壶和一个茶盅，从地面放着的一个塑料袋子里抓一撮棒棒茶梗，放在茶壶里，从熊熊炉火上提起一把水烧得翻滚的铝壶，往茶壶里倒水冲泡，然后端起茶壶，拿起茶盅，送到茶客选定的桌子或台子上。茶客便开始慢慢地喝，细细地品。这样，每天摆在门口的长条矮桌被围坐得满满的，每人面前一把茶壶，一个茶盅，徐徐地品那红褐色的茶水。他们行动迟缓、表情木然、反应迟钝，对采风的摄影家、采编的记者都视而不见，对周围的一切都无动于衷。有一种嗜茶上瘾、一整天泡在茶馆的茶客，被当地人称作"茶瘿子"，早晨茶馆没开张就在门口等着，茶馆一开门就冲进去，晚上茶馆打烊时才依依不舍地离去，临走时还要带一壶回家。

　　独特底蕴。棒棒茶以其独有的魅力吸引着万千农家茶客，个中原委不仅仅因为它的价廉，很大程度上归属于数百年来老茶馆的文化积淀：那厚重淳朴的乡土文化，绵绵延续着棒棒茶的历史。临涣人饮茶不是仅仅停留在止渴的生理满足上，而是作为生活方式和文化情调糅进了每一个日子。空气里弥漫着呛人的烟叶味，掺和着茶水味，混在一起，味道怪怪的。就是茶馆里的这种怪味，才是老茶客们最感亲切的气味，缺了它，他们会感到生活枯燥又乏味。这些老人哪儿都可以喝茶，但独独喜欢来到茶馆里，主要享受的是一种氛围、一种情趣、一种滋味。他们看重茶馆，这些才是

最重要的。他们中的大多数人，十几年甚至几十年如一日，大清早赶来，摸黑回去。这些老茶馆的馆主心里也清楚，营造一个茶文化的民俗氛围和心理空间比营利更重要。作为老茶馆，不仅是一处喝茶的地方，而且是许多老茶客精神生活中不可缺少的一部分。有一位70多岁高龄的老茶客，每天不惜跑上数公里路，来

泡茶馆。尽管近年茶叶、煤炭价格大幅上涨，开茶馆其实已利润不多，但是像江淮茶馆的周志田这样生于斯、长于斯的茶馆馆主认为，万万不可因些许私利而薄了亲情。临涣茶馆的业主大都恪守这一点——宁可少赚不赚，也得顾及乡邻四方。

茶价低廉。老茶馆茶价低廉，只消花上很少的钱便可不计时辰地泡在茶馆里。茶客进了茶馆，首先向茶馆主人打声招呼："来一壶茶！"或"来半壶茶！"茶馆主人为要一壶茶的茶客送去一把手提陶瓷大茶壶和两个小茶盅；为要半壶茶的茶客送去一把陶瓷小茶壶和一个小茶盅。一壶茶价在明代为一个字钱，在清代为一个铜子，在民国时期为两个铜子，在20世纪50年代为人民币五分钱，在60年代为人民币一角钱，在70年代为人民币一角五分，在80年代为两角，在90年代为三角。茶客一次付钱，喝完后，殷勤的茶馆主人马上又给你添满。喝多长时间以及喝多少茶任随茶客，不再收取一分钱。

四

临涣的茶文化，誉满全国，名扬海外。人民日报、中央电视台及海外等多家媒体对临涣的茶文化进行过专题报道。在 1999年法国巴黎举行的世界民风民俗摄影展上，一组临涣茶文化的照片荣获金奖。临涣把每年的农历二月初二定为"棒棒茶"节，届时举行盛大的庆祝和文化展示活动。

如今，临涣依旧沉浸在千年悠悠的茶香之中，古镇居民在旧茶馆中聊着新话题，时光改变了许多许多，但是这股茶香，仍然会飘扬在将来的岁月中。

（本文与张云波合著）

好一个淮河花鼓灯

　　阳春三月，随安徽省民间文艺家协会组织赴颍上采风，观看淮河边上鲁口镇花鼓灯锣鼓，欣赏了颍上民间艺术团花鼓灯的精湛表演。那铿锵的锣鼓，古朴的灯歌，悠扬的舞姿，让人激动不已，作为一种地域符号的花鼓灯，展示出淮河儿女特有的风情和精神。

　　　　不要挂幕布
　　　　淮河大堤上就是剧场
　　　　一面旗子
　　　　四面锣鼓
　　　　搭出一个草戏台

　　　　敲起来
　　　　舞起来
　　　　一曲哀歌诉忧伤
　　　　这里曾是洪患频发地
　　　　八月间
　　　　片刻就不见了村庄

大雨滂沱中
老人怀里搂着
惊慌失措的孩子
从掀掉屋脊的土屋里
逃出来
上了堤

一种坚韧
渗在土里
大水漫过
就开辟天地

跳起来

敲起来

沿着不息的血脉

一代传了又一代的花鼓灯

生在水里

长在土里

行吟在千里淮河大堤

扯着嗓子放声唱

从土坷垃里迸出的

情和爱

化作淮河千年沧桑的一道华彩

舞步一停

手脚就发痒

花鼓灯

这里人无师自通

与生俱来

不要考

这里人放下锄头就能来上几段子

这里人都有自己熟悉的声腔

这里人都能舞出优美的旋律

这里人吼出来声声震千里平冈

舞起来

这舞步强劲豪迈

敲起来

这鼓点刚劲饱满

跳起来

这舞姿浑厚彪悍

敲起来

这鼓声热情洋溢诉衷肠

共和国舵轮驶过六十载

苍老的河湾真正变了样

再不见卖儿卖女

身背花鼓

乞讨四方

如今

小囤尖大囤满

土坯茅草屋

换成一排排大瓦房

走千走万呦

不如俺淮河两岸

喜闻俺锣鼓声里

菜花芬芳

舞起来

敲起来

唱起来

吼起来

跨开双腿

挺起胸膛

我们的民族昂起来头

脚步终于扭得像模像样

舞起来

敲起来

唱起来

吼起来

狂歌劲舞威风凛凛

掏心窝子

俺舞出一个"恣"儿

彰显咱淮河儿女的气魄和精魂

大理剑川土陶

　　云南大理剑川作为中国木雕艺术之乡闻名于世，但土陶制造在这里也有数千年历史，据地方民俗学者李汝恒先生调研，剑川海门口遗址曾发掘出大量陶器，民间素有"上登瓦，不用敲打声嗡嗡响"之说（上登即为剑川县南古村落）。

　　2009 年 8 月的一天，我在剑川千年古镇沙溪小住两日后驱车

前往剑川县城，在达甸南镇（离县城约有十公里）214国道旁，见两边街铺前摆满各种琳琅满目的土陶器，散落近数公里，形成"陶制品一条街"。

在214国道两边，几十座砖瓦窑坊连成一线，窑工们正在取土、打坯、装窑，窑口冒出黑烟，形成片片黑雾，遮天蔽日。一行来到窑口旁工棚，烈日当空，窑工正在取土掺沙子和泥、背土坯，大汗淋漓，这里和泥与内地不同的是，用人赶着水牛踩踏这些混合物，一边不停地向土堆里泼水。

泥拌细沙掺水和好泥后，便开始打坯、塑坯，工人们再用古用制坯转轮，先用手或竹刀上下刮磨，拍上花纹，印上白族人喜欢的"春""福""寿""兰花居"等图案，然后再送到凉房风干，为点火前做好准备。

来到土窑的窑口，老把式向我们作了仔细介绍，点火燃烧是一项关键技术，火势要控制好，火候要掌握好。另外，陶坯要在窑口中放正，要留好空隙，形成烟道，不然陶坯容易烧歪。点火有一道火（慢火），二道火（小火），三道火（大火），最后还有第四道火（中火）。过去烧窑一直是周边山上取木材，现在改为烧煤炭，为了提高炉膛温度，窑顶上多加了几个烟囱。

古代，这里每逢烧窑点火前，烧窑师傅往往要抱一只白公鸡去寺庙祭拜。招财进宝按理说是喜事，为什么用白公鸡而不用红公鸡呢？民俗学者说这个行业最忌红，一般不说他们的窑烧红了，而应该是说烧亮了，这正像东海渔民不能说"破""漏""翻"

等字眼一样会不吉利。说到这里忽然想到中原地区婚庆民俗"迎娶",则是让一个父母双全的小男孩压轿,小男孩手里则要抱着一只红公鸡。当地叫作"喜事红鸡领路,白事鸡子引魂"(白事用白条鸡)。"百里不同俗",由此观之,"入乡随俗"不可忽视。

另外,窑工师傅还介绍了这里的习俗,过去制陶技艺传男不传女,怕女孩子嫁出去后把烧窑工艺带走,现在则是传男又传女,传内也传外,遗憾的是很多年轻人不喜欢这手艺,外出打工挣钱来得快。

剑川的制陶制品物美价廉,畅销滇西,成了当地百姓一个重要的经济来源。

淮北地区正月十五捏面灯

　　捏面灯是淮北地区正月十五的重要习俗。淮北地区人在正月十五前，便开始忙活蒸面灯，他们把好面（当地人这样称呼小麦面）掺豆面揉成面团，按照对自然的崇拜捏出龙、凤等各种吉祥动物，还有元宝形状，放在大锅里蒸熟。正月十五晚上，在面灯

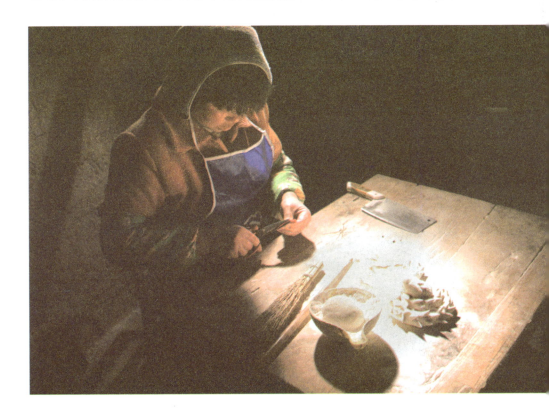

里插上棉花捻子，加入香油或豆油后，把它们一一点亮，放在自家大大小小的桌子、粮囤上，各家小孩子则端着加了油的面灯四处跑，找小伙伴一起观灯。

家庭女主人则更多地观察熄灭了的面灯灯花燃着情况及里面有没有水滴来预测今年收成的好坏。这种面灯点过之后，小孩子有的就趁热吃掉，认为这样香酥好吃；蒸熟的龙灯则等日后切片煮了吃。

看得见的故宫

　　诗人公刘曾描绘："杭州西湖的柳，根根都风流。"套用先生的诗句意思说故宫，"八角重檐下，藏着令人心跳的沧桑"。欣逢盛世、国运昌隆，又将喜迎 2008 年奥运圣火点燃京城。重修大殿，感慨良多……

　　2007 年夏，我陪爱人又去了趟故宫，但见红墙黄瓦、雕梁画栋、高低错落的楼台，雄伟壮观的万千气象，再次吸引了我的目光。从天安门、午门步步走高的殿宇，彰显出皇家的威严和神秘，令人战栗。大殿巍巍，八角重檐，廊腰缦回，高台曲径，嘉木芳草，纷纭万景。这个堪称无与伦比的建筑杰作立体地展示了我们先人的智慧，纳天之气，聚地

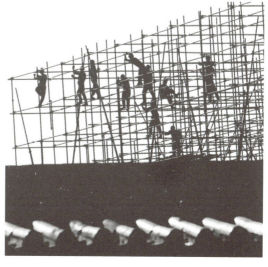

之精。

透过阴森狭长的宫墙和斑驳脱落的宫门，那里承载着太多的历史沧桑和皇权倾轧下的血腥故事。隐秘的后宫秘闻，又像走马灯似的在我眼前闪烁……

看得见和看不见的世事变迁交织在一起，令人浮想联翩，让人恐怖，让人反刍，让人燃烧。

金华盈盈兮盛宫。萧瑟秋风，岁月蒙尘，一代王朝渐行渐远，令人感叹唏嘘！

沉吟中的我，引用现代的时髦语，给这个当年盛世方城起几个关键词：等级森严；皇家气派；庙宇之海；中规中矩；恶之花；王朝背影；煌煌其祟。

徜徉故宫，忽然想起一段往事。

第一件事：

第一次进故宫是在 1983 年，记得门票是 1 角；

第二次 1991 年再进故宫，门票可能是 5 至 10 元；

这一次进故宫，门票已涨至 60 元。

第二件事：

适逢太和殿大修。史载1679年寒冬，太和殿一场大火化为一片瓦砾，康熙帝重修。讲解员说大殿六根大柱贴满黄金，每根都有一条巨龙，彰显皇室威仪。

今日国运昌隆，2008年又迎世人瞩目的奥运，时隔三百载，大修太和殿，世事沧桑，它又将烙下历史的印记。

千年徽墨

　　始创于唐，兴于明清的千年徽墨已被列入世界非物质文化遗产。其"色泽黑润，历久不褪"优异绝伦的品质历来为中外书画家所钟爱。

　　散落在皖南山脉的褶皱中，有大大小小几十家徽墨工厂和作坊。有一批技艺精湛的技师和工匠，掌握着点烟、制墨、晾墨、

打磨、描金等几十道工序和徽墨配方的秘籍。传承着这又脏又苦，挣钱也少，但工序繁杂，周期又长，且"不计成本，不厌其精"的中国文房四宝之一。

由于墨原料成本太高，现在点烟等技术已成为古遗存，点烟车间已经用机器点烟。数字化时代，电脑、手机的书写，使用墨的人越来越少，连当代书画家也多用墨汁，再加上老技师的后继乏人，千年徽墨的传奇遭遇到现代文明的尴尬。

浦江夜宴

——璀璨世博夜抒怀

一条巨龙
沐海上明月
临阵阵江风
从吴淞口
溯流而上

巨龙腾跃
忽明忽暗
忽隐忽现
暮色苍茫里
四处伸出触须
抚摸这
东方大地
海市蜃景

黄浦江边
5.28平方公里

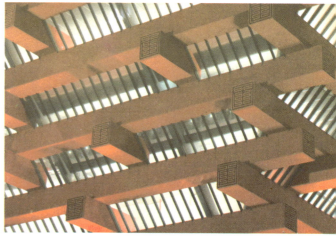

上海的新地标
璀璨夜空中
点亮了黄皮肤
黑眼睛的自信
腾飞的巨龙
在这
东方明珠
又一次华丽转身

竞相展示出：
中国元素
大国气派
山的品格
海的胸襟
昔日洋人租界
今日世博画廊
7000 万炎黄子孙

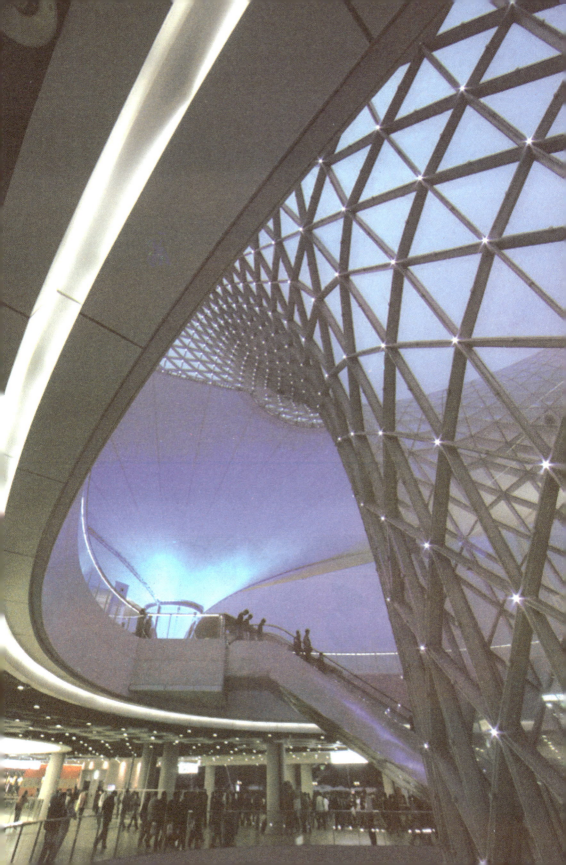

走进

迎风高歌

中华崛起

伟大民族复兴

带着国宝奇珍

带着本土精神和文明

白皮肤黑皮肤

蓝眼睛绿眼睛

汇聚了全球的奇思妙想

向着世界的东方

深情一瞥

火树银花

中西艺术交辉映

建筑美轮美奂
恍若天上宫阙
200 多个国家地区
184 天
在变幻莫测的光影美景中
激情天天上演
永不落幕

浦江作墨
世博园作砚
21 世纪的大手笔
在中国经济的心脏
大抒特抒
梦幻的光流
播下了满天星斗
友谊和合作
繁荣与昌盛

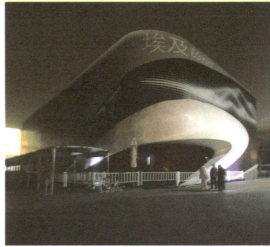

理想的种子
文明的种子
在这里悄然生根

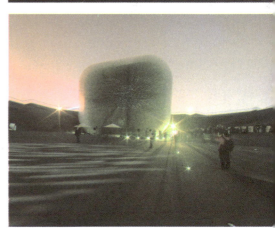

说不尽的平遥

　　2008 年 9 月 18 日，我和弟子姜中石、高林中、巨威从王家大院直奔平遥县城，在绵绵秋雨中入驻县城宾馆。弟子高建亭（原山西晚报记者，现为自由摄影人）提前来平遥布展，因来客太多，宾馆竟未联系上，当晚送来嘉宾证给我们明天用。

　　入夜平遥古城灯火辉煌，国内外嘉宾摩肩接踵，热闹非凡，

一片节庆景象。最醒目的是满街的摄影海报和招贴画，满大街小巷扛着长枪短炮的摄影人，这里是摄影人的狂欢节。平遥国际摄影节已办至第七届，其声势、规模之大，其云集摄影家、摄影爱好者之多，其作品之五花八门，形形色色，多元求变之格局，堪称摄影大国的吉尼斯纪录。

9月19日，平遥国际摄影节在县衙盛装开场，这次大展设奥运与抗震救灾两大主题，作为紧跟时代步伐，以官方为主办单位，此主题确定亦是必然。

本届摄影节也和2003年我第一次来平遥看展一样，由摄影论坛、大型幻灯晚会、大师点评、颁奖晚会、民俗表演等系列活动组成，今年又增加了一个奥运龙展示、一个书画家作品展、一个美食节，其活动设置、运作方式大体上与2003年相同。

总的印象是，2008年平遥国际摄影节依然红火，但亮点不多，整体参展作品水平下滑，展

中五花八门，各种主题、各种风格犹如一个大拼盘，鱼龙混杂，市场气氛比往日浓烈，世界重量级摄影家作品鲜见，专家评点作品影响力、吸引力较前弱化，学术气氛和学术含量较弱，作为摄影界的重大品牌——平遥国际摄影节如何可持续发展，真正办成一个国际化、专业化的视觉艺术大展，对山西主办方不得不说是个考验。

在平遥古城总让人想到南疆那个让人着迷又非常令人神往的

喀什。这里街巷四通八达，如蜘蛛网交错。城墙高垒，一处处宅墙中晋中特有的影壁、木雕、石雕以及彩绘的独具匠心的檐楱，像空谷幽兰绽放着特有的气息。这里封闭、宁静、神秘，古朴幽深，宛若迷宫。

自改革开放以来，特别是举办国际摄影节这些年，一下子打破了这里的宁静和沉寂，林立的商铺弥漫着浓烈的商业气息，古老的县城气流大畅，亢奋起来，生动起来，萌动着春潮般的生生不息。

塔川丹枫满林红

一

　　它太平常了，皖南山野中一棵普普通通的枫树。

　　和山茅草一样立在田埂边，傍依小溪旁，没有蓊蓊郁郁的叶子，没有旁逸斜出的枝丫，也没有鸟儿蹲在枝头栖息……

　　偶尔放归来的牛在溪边灌足了肠胃，懒懒地腆着大肚子，斜

着身子贴上去蹭蹭痒。

像路边的深潭，静静地站在这山坳里。

村民们都知道它的存在，似乎也都忘却了它的存在。

二

"莫非是贾宝玉的通灵宝玉丢在这里……"

有一天，山外来了一群人，看到这空旷的山野，有一棵奇异的树，阳光下，如附接西山的红霞，泼血一样地燃烧，无不惊诧

这个地方有灵气，冒出最美的风景。

一群摄影师走过来，举着相机，像猎人瞄准猎物，上下左右地晃，咔嚓咔嚓地响，这小树周围莫非有磁场？

一群画家沿着荒寒小径走过来，甩下干粮饭袋，架起画架，从薄雾溟蒙直描到红日西沉……

这上面的山口离黄山不算远。从黄山下来绕个弯过来的人，总爱在这里流连。那些以石为生，立在悬崖峭壁之上被称为黄山"四绝"之一的黄山松，曾让他们为之倾倒，啧啧称赞。又是什么勾起他们对山野的如此钟爱呢？

山里人看到这一群的模样，大惑不解：俺祖祖辈辈都在这里，咋没看到美在哪里？好在哪里呢？

三

眼下，小红枫正在阳光里走进走出……

正值十月，空山新雨后，秋阳正高正好。

大自然真是绝大手笔，一片粉白，一抹鹅黄，一片艳红，一片碧翠……

远处，是翁翁郁郁、莽莽苍苍的森林景象，远处传来大森林特有的气息和野果子的清香。

半山坡上，高的是竹林，矮的是茶园。白色茶花、丛丛山茅和驳驳杂杂的野花，覆盖着山坡以及透着汩汩清泉的石板路。梯田就造在这大山的褶皱里，田埂随着山形回环弯曲，一层层推上去，梯田脚下是平畴；割过的稻茬，一片灿黄。

如一团火，一面旗，一叶红帆……小红枫稳稳地站在那一片灿黄的田埂上。

面对着池塘、稻田、青山、竹林，小红枫晶莹剔透，作为一个视觉停留点，激起山外人浓烈的情感。

一头水牛缓缓进入这巨幅山水长卷，犁铧掀起如期的温馨，黑色泥浪与这土地大片沉静的黄，树上炫目的红排列在一起，更加剧了气氛的浓烈……

是不是打翻了调色盘？定睛看那逆光中的红枫，由下而上，依次墨绿、淡绿、浅黄、金黄、淡红、枣红，直到树顶上的血红……

秋风起，霓霓羽衣，仿若无数彩蝶飞舞，令人有入仙境之感。

当你仔细审视这大自然的杰作时，你会感到一种生命的律动，一种从未有过的生命体验。在这通体晶莹中，谁也不能找到两片相同的叶子，正如游过黄山的人，面对满目葱茏，千山万壑，竟不能找到两座相同的山岭一样，大自然无时无刻不在创造着种种崭新的美。于是，这山野，这红枫，给我带来的就不仅仅是心灵上的愉悦，还有更丰富的启迪。

刘伯温故里行

  在浙江青田召开的全国刘基文化学术研讨会结束之际,我应邀赴刘基故里文成县考察访问。时间较短,所见所闻,无不令人激动,令人振奋,风光旖旎,环境清新,山水与历史文化灿烂相结合,一个数字化的山水田园风光加森林气息的生态县——文成令人陶醉。

一路惊喜

车出青田向西南，沿瓯江支流（小溪）而上，山高路险，疑是当年蜀道。车过岭头进南田福地，山环路转，忽见平畴，高旷绝尘，风景如画，桃花源里人家。真是山重水复疑无路，柳暗花明又一村。《太平御览》记载：道家七十二福地，南田居其一。果是好去处，令人一喜。刘基出生地武阳村，地势平坦，负阴抱阳，青山绿水，出云雨通天地，阴阳和合，平静和谐，作为三不朽伟人的刘基，正是在这里"坚其心志""旷其胸襟"，从这里起步成就一番伟业。万里氤氲来福地，怎能不令人心旷神怡。千里来寻刘基故宅，竟空空荡荡一石垒小院，道旁有苍天古松，院内有茂林修竹，更显简朴小院清寂、古朴、落寞。刘基辅佐大明，功勋卓著，尊为帝师，才为王佐，一无田产，二无豪宅，不显山露水，不张扬，无半点奢华，进退自如，淡定人生，其学品、官品、人品，令人俯仰。这里就是千秋伟人刘基追慕者的精神家园。面对故宅，如见先贤，怎能不让人抚今追昔，流连忘返。

车进南田，正值刘伯温695年诞辰日祭典后，满镇张灯结彩，刘氏后裔上千人从海内外云集于刘基庙，为刘基竖铜像立于庙侧广场（待刘基文化节开幕时揭像），香火袅袅，瞻仰刘基铜像者仍络绎不绝，蔚为壮观。刘基庙，四进单檐合院式古建筑，牌坊、山门、头门、仪门、正厅皆井然有序，规模恢宏，气宇不凡。刘基彩塑坐像，戴梁冠，着朝服。美髯飘逸、祥和

刘伯温故居
LIUBOWEN FORMER RESIDENCE

可亲。子刘琏、刘璟立于其彩塑像两侧，忠烈满门，光照后昆。庙宇中上至皇帝御笔，下至王公九卿、达官显贵、文化巨擘无不撰联赞颂，匾额楹联，琳琅满目，保存齐全，值得庆幸！推不倒的不老的赞叹，一齐涌向那个一生充满神奇而悲剧色彩的历史老人。

更令人欣喜的是地方政府已为以刘基庙为主体的建筑结构修缮、保护，以刘基庙为主体建筑群的历史街区也在规划、建设、整合之中。刘基恩泽故里，刘基后人，一提起"太公"便肃然起敬，此情此景，刘太公在冥冥之中也会感慨万千，送来福祉吧！

一个震撼

文成能称为生态奇观的当数百丈漈。

地方风景名胜丛书这样写道：百丈漈为深壑巨涧而天成的三折瀑布，总计落差达 353 米，自古民间赞为：头漈百丈高，二漈百丈深，三漈百丈阔。……翌日县文联副主席慕白作陪驱车来到百丈漈景区，面对大自然的鬼斧神工，我的心灵受到了强烈震撼。

　　我们一大早便来到百丈漈顶上的天顶湖，然后从天顶湖下峭壁观百丈漈。短短的一个多小时，犹如从云霄之上到地下迷宫，让我真正领略了"高峡出平湖"和"黄河之水天上来"的意境。

　　天顶湖，犹如俏佳人立在百丈瀑布之上（地方志上记载为海拔628米高山之上），水盈千顷，碧波荡漾，鸥鹭翔集，高旷绝尘，疑是神仙世界。

　　浙南这里把瀑布称"漈"，作为一名摄影人，我喜欢拍瀑布，这些年来在国内外游览了不少瀑布，仅仅是浙江，我便去过诸暨五泄、青田石门洞、楠溪江古村落边的众多瀑布，当我们顺着峭崖来到享有天下第一瀑的头漈，当巨大清流从182米高的漈头喷泻而下时，什么叫"黄河之水天上来"，我真切体会到了，同时产生一种敬畏。

　　我的挚友，著名刘基研究专家吕立汉教授在《千古人豪》大著中这样描述百丈漈："瀑布如天绅下垂，随风曳练，荡漾空际，非烟非雾，翩然而下，如雷霆之轰鸣，崩崖裂石，蔚为壮观。"真可谓描摹形象逼真，体察入微。山有大美而不语，面对着这透明的山，透明的水，我的心被染绿了，面对这神仙造化，我感到语言的苍白。

　　带着风声入浙川。这里山水摆开的恢宏气势，该不是"飞起玉龙三百万，搅得周天寒彻"的昆仑山神下界吧！

　　"六月不辞飞霜雪，三冬更有怒雷鸣。"600年前那位历史老人观瀑时写道。这通天曲径，神仙洞府，难怪那位跨元明两代被誉为大明开国文臣之首的刘伯温，文章为"气昌而奇"，这里山水找到了好注脚。这一山一水，一草一木，浸润了刘基，文章才有山林之气，隐逸之气，才那样恣纵流畅，宏丽雄放，开合起伏，如瀑灌顶。

百丈漈，阅尽人间春色。从头漈到三漈，曲折跌宕，时而飞流湍急，惊天动地，时而潇湘夜雨，珠帘无声，其雄、其险、其奇、其幽，多像那位历史老人的壮丽人生、跌宕人生、百味人生。

想当年就是在这家乡山水之间，"学成文武艺，货于帝王家"。也就是在这山水之间，静观时变，出山辅佐大明，成就一番伟业。然而伴君如伴虎，忠君反被君遗弃。不得不用，又不予重用，功勋卓著，口口声声，"吾之子房"，只换来240石食禄（一品大员食禄4000石）。灵魂被羁的痛苦谁知？！这一波三折的飞瀑，多像那位古代硕儒的心路历程。泉水呜咽，多像英雄末路的扼腕叹息，是进是退？是飞流直下三千尺，然后奔入大海的山水以博大胸襟包容了他生命的苦闷。告老还乡，大江作酒盅，消愁对青山，再做青山的主人。回头看：百丈漈，那不就是背倚青天抽长剑，朝入青山暮泛湖，守死信节，隐居岩穴之下的高士刘基的化身吗？

百丈漈，天下第一漈，刘基正是在这里接受大自然的精神洗礼，其德、其学、其才、其识，才能达到这飘飘欲仙的高度，让凡人不可企及的高度，博大精深的刘基文化，才能成为一座文化高峰，与日月争辉，与造化争神奇。

百丈漈，人文山水相融通，刘基文化，正是这甲天下山水的灵魂。

一点遗憾

南田也好，天顶湖也好，百丈漈也好，都是一片郁郁葱葱

的海。

文成县城背倚南雁荡，飞云江绕城而过，青山绿水，说是一个天然大氧吧，一点也不为过。

山水文成，生态文成名副其实。再加上丰富的人文资源，博大精深的刘基文化，以刘基谥号为城的文成，一个响亮的地域品牌就可以插上翅膀了，那就是：伯温故里，山水文成。称为山水文成可以底气十足，因为良好的生态承载能力（名山、碧水、森林覆盖、温地），良好的经济社会发展基础，已见成效的生态建设等。

但在文成，伯温故里

（我认为的伯温故里外延应该比较大，不能局限于南田，而是泛指刘基在家乡三十多年活动的地方，当然包括县城，比如说，一提到《儒林外史》的作者吴敬梓，籍贯便是安徽全椒人，正如在浙江一提到鲁迅，大家马上会想到籍贯绍兴），即品牌的这一半还缺少强有力的支撑，城市是城市人的精神家园，一个城市应该有自己的城市气味。

　　21 世纪是文化制胜的时代，那么文成的文化制高点在哪里？具体地说，文成县形象代表物是什么？标志性建筑在哪里？最有特色的文化符号——刘基文化显性东西在哪里（比如说，刘基广场、纪念馆、以刘基文化为代表的建筑雕塑群、亮化系统、人文景观等）？这些都是城市发展的设计者、建设者所要思考的，就目前来看，文成缺少相对应的城市建设视觉系统和形象识别系

统。城市建筑缺少文化含量，文成在县城建设上缺少城市文化的先期构造。

文成的魅力在山水，文成的魅力更在刘基文化。文成在构造和谐山水谋求旅游富县的目标中首先当把"伯温故里"这块先人留下的品牌做足，把博大精深的刘基文化做透。让刘基文化资源充分释放其能量。城市是财富的容器，也是文化的容器、艺术的容器。早在十六届四中全会上中央已把文化作为生产力提高到这样高度认识。打造城市文化特色，打好刘基文化牌，正是文成得以长久发展的核心价值所在。

有幸去过俄罗斯。在俄罗斯大地上，到处都是普希金、托尔

斯泰等大文豪的声音，普希金等远远高出众凡之上。

这就是文化。

一个城市的建设不仅仅要注意其外表，更要注意城市发展的文化灵魂。否则持续发展下去必将会减少动力资源；而美好山水生态环境也只是一个漂亮的外表。今天的建设，也恰恰是明天的历史。在当前城市建设的蓬勃发展中，刘基故里文成的发展，也许能给我们带来一些启示。

情系新疆

　　有一首歌唱得好："我到过很多地方，最新最美的还是我们新疆。"这首歌当说毫无夸饰。

　　2003 年 8 月，我第一次来到遥远的新疆，当走下飞机的舷梯时，又一次被感动了。

　　这种感动，不仅仅是大漠孤烟、长河落日、翠湖雪峰、云杉

绿浓的瑰丽风光，也不仅仅是瓜果飘香、轻歌曼舞的浓郁风情。从长安出发的中国古代丝绸之路在新疆就占了一半，这里是世界四大文明的荟萃之地，可说是中华民族文化保存最完美的地方。千年一瞬，一瞬千年。这里洋溢着自大唐以来开放的精神，这里展示着中华文化的整体神韵。我相信，谁来到这都无法抵挡住这丝路文明的诱惑。

　　八月的牧歌浓似酒，八月的阳光最年轻。八月，新疆最美的季节，我们一行沿着古丝绸之路，过火辣辣的吐鲁番，远眺塔里木河，深入草原，触摸了亚洲腹地，行走在帕米尔高原，穿越塔克拉玛干沙漠，行程八千公里，茫茫戈壁、浩瀚大漠、皑皑雪峰、绿洲草原、域外风情，我的心一次又一次被撞击着。在粗犷和雄浑的牧歌声里，我们不停地举起相机，让这一派派风情、一段段沧桑、一个个生命的奇迹，在时空隧道里定格，我的心灵也一次又一次接受着历史和精神文明的洗礼。

　　左边是风景，右边也是风景，这里就是新疆。到过新疆的人，才知道什么叫幸福，什么叫大气魄，才知道如何生息和繁衍。

阿拉山口的风

　　提起西北风，便会联想到强劲、猛烈、冰冷刺骨，寒气逼人。儿时读岑参的边塞诗"轮台九月风夜吼，一川石头大如斗，随风满地石乱走"，便对边塞大风产生了一种敬畏。那地处大西北还有大西北的边陲，新疆阿拉山口的大风，该刮的是以一种什么样的风啊？

　　有人说，阿拉山口的大风刮起来没完没了，一年四季360天要刮到370天，行驶的火车都会刮得倒拉牛，小伙子被风一刮，胡子就白了。这风刮得着实厉害，着实骇人，令人心惊。

去年八月，从伊犁河谷返回奎屯的戈壁公路上，手提电话突然传来令人意外感到兴奋的声音，"去阿拉山口"，学弟奎屯晨报社社长王次会已联系好去阿拉山口的哨卡，他又带着一拨从口内来的朋友驱车赶来。

两车相会于博乐，已近黄昏。

暮色中，北京 212 吉普车箭一般地向阿拉山口岸驶去。车轮在戈壁滩砾石上颠簸着。这里的戈壁滩望不到尽头，寸草不生，无飞鸟、无树丛，一大片一大片瓦砾的海，犹如走进远古荒漠。在这瓦砾场中，友人告诉我，这是有名的艾比湖下游，由于严重沙化，湖已干涸，每年朝北面的蒙古高原和西面的哈萨克斯坦东部沙漠的大风裹着沙尘汹涌卷来，这里稀稀落落冒出来的骆驼刺和白草便荡然无存。平平的，一望无际的平，大面积的平，令人心悸。

车行一个多小时，终于看到一条线。那穿行在茫茫戈壁放射状的一条线，便是蜿蜒起伏的中哈铁路，顺着这条铁路的方向，便可依稀看到阿拉山口闪着的灯火。

天边火烧云蜂拥而至，一片瑰丽奇异的光，照在这静寂如水般梦幻的艾比湖上，照在这苍凉无垠的戈壁上，那汹涌的阿拉山口的大风会不会突然而至……

走进阿拉山口又不得不感到惊讶：现代化的火车站、海关钟楼蓝色反光的玻璃幕墙，灯红酒绿的边境口岸宾馆。来来往往上下火车的哈萨克斯坦人、吉尔吉斯人、俄罗斯人和我边塞的维吾尔族、哈萨克族人……与此相对峙的戈壁看来是如此不协调，是谁把热闹、繁荣搬到这如月球一样荒凉的戈壁滩呢？

国门，庄严的五星红旗，边防战士整洁威严的阵容，闪亮的

枪刺，国门下火红的边贸，那连芨芨草和骆驼刺都不能生长的沙漠戈壁为什么压不住如此生命的顽强和旺盛？

在边防武警肖中校的引领下，我们走向阿拉山口哨卡。

暮色苍茫中，我们的哨楼如一尊雕镂金粉的山峦巍然屹立在中哈边境上。

风像个隐身的江洋大盗，不知躲在哪里，这里暮色静悄悄，一片安宁祥和的气氛。

边防战士告诉我们，就在这近在咫尺的国门外，1969 年珍宝岛事件发生后，对面苏联新沙皇曾虎视眈眈，屯兵三个机械化师……

哨卡看不到一丝灯火，边防战士用一只眼睛看我们微笑，仿佛又在用另一只眼睛看着准星。在暗堡里远红外望远镜密切监视着，不放过天空中的飞鸟，地上草丛，边境的公路闪过的车灯……

八月，正是暑日炎炎的日子，我们的战士已披上大衣。在这荒无人烟的哨卡，他们一年四季都是这样穿着棉衣。狂风抽打、烈日炙烤，我们的战士面对着这样的丝网，就这样托着枪刺，伴着无边的荒凉和寂寞从黄昏到黎明……

风仍没有来，也许正像个小疯子在艾比湖的谷底玩耍，我三步两步在哨卡楼上攀登，好好看一看这披着晚霞的哨卡。

我想借这迷人的落日，为我哨卡战士照一张相。

在哨楼上，踉踉跄跄的我怎么也站不住，撑不开三脚架，靠着楼壁相机也端不住，是不是阿拉山口的风真的来了，山雨欲来风满楼，是不是大风到来的前奏。

一位战士突然拦腰抱住我，我吃了一惊，接着定了定神，我笑着说："来，我先给您拍一张。"

"不用！不用"，战士连声说着，把我抱得更紧了。

蓦然，在战士的怀里我看到下面不远处一道亮丽的风景，"祖国万岁"四个用鹅卵石镶起涂上白漆的大字在夕阳下熠熠生辉。

我怦然心动。

哨楼靠着我方的平台上立着一块巨石，战士无不自豪地告诉我，那是一块"顶风石"，下哨时他们每每都要从那里经过，摸摸那块横亘在国门的磐石。

"咔嚓，咔嚓"我开启了心灵的快门。

我们长期生活在城市，与此相伴的是霓虹灯、空调、冰箱、

可口可乐、抽水马桶、啤酒美食……面对着这荒凉的边防哨卡，面对着这块顶风石，面对着把大风、冰雪当作盛宴的战士，我们是否感到一种距离？

真正的风还没有来，我身边却仿佛阴阴沉沉地刮过一阵大风。

战士，顶风石。顶风石，战士。走下哨卡我久久伫立，总是想对着这里说些什么，又不知说些什么……

青山碧水河内情

　　越南对于我们来说是一个既熟悉又陌生的国家，风光旖旎的南国风光，南亚热带丛林，美丽的港湾，坐落在红河之滨和世界文化名人、越南民族英雄胡志明联系在一起的河内……这一切都让人萦绕于怀，应越南河内大学人文学院的邀请，作为中国人文社会科学学报学会的代表有幸赴越南作短期访问。此间在河内，我们瞻仰了胡志明主席陵墓，参观了胡志明主席府和胡主席故居。

　　胡志明陵墓，庄严肃穆，仿照美国林肯总统寝陵建造，气势恢宏，我们一行排着队，手持鲜花，沿着陵前宽阔的大广场，徐徐步入陵内参观，军人持枪肃立。参观胡主席陵墓的人络绎不绝，最多的是穿着各色民族服饰的越南群众，这位越南人民的伟大领袖、英雄的斗士为了祖国的统一反抗外来侵略者，可谓坚韧不拔，鞠躬尽瘁。国家不统一，终生未婚，很像英雄甘地，令人敬仰。参观的人群非常虔诚，队伍鸦雀无声，未见有戴帽子、穿短裤的人，陵墓管理人员也要求瞻仰者不得拍照和喧哗。在广场陵墓不远处便是胡志明主席府，河内胡主席府原为前印支总督府，绿树掩映中，一幢四层法式建筑熠熠生辉。

　　沿着两旁遍植杧果树的小路，穿过清风徐来的绿池塘，便来到胡志明主席故居。胡志明主席一生艰苦朴素，木质的两层高脚屋十分简朴，高脚屋下是办公室，上面为卧室，一张木床、一张木桌、一部电话，是他老人家一生朴素而高雅生活的见证。馆内人员介绍，从 1954 年一直到 1969 年去世，胡志明主席一直生活在这里。小小斗室沐浴着阳光与清风，展示着这位伟大民族英雄坚强的革命精神、高尚的道德风范和人格魅力。

　　随着改革开放，越南也正在加快城市和基本设施建设，公路在拓宽，旅游业也红火起来，街上的"的士"都变成了白色进口车，摩托车在河内成了人们的重要交通工具，据说河内三百万人口就有一百万辆摩托车。河内的水果，琳琅满目，鲜嫩欲滴，在我们下榻的水仙宾馆，服务人员捧着自己酿造的果酒和冰激凌让我们品尝，餐厅里越南小姐用木琴演奏中国民歌，乐曲悠扬，楚楚动人。

　　从河内驱车向东 180 公里便来到被誉为"海上桂林"的下龙

湾。这里大海苍茫，无边无垠，云烟缭绕，山岛缥缈，畅观美景，确实给人以超然物外的感觉。特别是走进迷人的海滨浴场，轻轻的海浪，银白的海滩，沁人心脾的海风，一下子就把炎热和烦躁驱赶净尽，给来自内陆的人一种从未有过的"碧海清风"的舒适和惬意。下龙湾也是越南主要的口岸，这里也可说是"日出千杆旗，日落万盏灯"。白日随船出海，听渔歌袅袅，见丹崖峭立，自然会敞开大海一样的胸襟，夜宿依山傍海的宾馆，头枕着涛声，仰望海上生明月，心中飞向圣洁的境界。

在越南集市上我们常常看到一些庙宇，其格局和中国南方小庙相似。佛教在这里盛行，山门上多有汉语。中越文化交流源远流长，不同的民族，不同的语言文化在这里汇聚交融。中越山水相连，站在友谊关前，感受这一衣带水的邻邦，当是在宁静的自然和历史的余韵中和谐共处共荣吧！

小镇的另类

——江南乡儒

　　他父辈的吟哦之声，也许仍飘荡在这清风明月的河上，飘荡在这载着游客、载着悠然自在的乌篷船上，传遍这晨昏朝夕。

　　他戴着毡帽，穿长衫，抽旱烟，喝老酒（总让人想起鲁迅先生笔下的咸亨酒店里的人物，但眼前人亦没有那类人的悲剧命运），靠着河沿立起八仙桌，摆满咸鱼、笋干、茴香豆、腊肠，地道的绍兴菜，也常和客人一起吃这河里活蹦乱跳的新鲜鱼，谈

天说地，杯中乾坤，晕乎乎、乐颠颠，颇有太白遗风。

这里街河相依，店铺鳞次栉比、千姿百态，可谓是千年古镇，江南水乡一道亮丽的风景。他临水的小酒店也正是饮酒小憩的好去处，小酒店挂满了自制的咸肉腊肠，同时与众不同的是摆满字画、诗文、自题匾额以及个人肖像。

虽然他土生土长，但他属于小镇的另类，是小镇上一些有着特殊生活方式的人，搓麻将、玩纸牌，吆五喝六的市声里难觅他的踪迹。他把更多的目光打量着来这小镇，来这水乡寻梦的文化人，画家、书法家、摄影人常是他的座上客（也许是小镇对文化人的一种特殊宠爱），他和客人聊起来，特别快乐、特别精神，喝酒论道，有滋有味地咀嚼着面前诗一样的河流，咀嚼着这小镇的沧海桑田，古色古香。

也许正是这古色古香才挽救了这小镇千年静寂的韵律（小镇的边沿原都是河网纵横，一片葱茏的田园风光现已面目全非，遍布令人窒息的钢铁水泥的森林），才守住这恬淡惬意，人文风

情，他和他安居的邻里依然儒风飘飘。

　　小桥流水、乌篷、桨声、市声、吟哦声……你看他踏歌而来，醉意蒙眬（这如画美景不饮亦醉），小镇风光里平添了多少文化韵味，多少诗情！

草原八月（组诗）

要是想到草原最好是八月
八月是草原炫耀的日子
蓝宝石一样晶莹的天空是八月
戈壁草由绿变红的是八月
驼队隆起粟色脊背的是八月
唱飞了百灵的是八月
躁动不安通向收获路口的是八月

粗犷恋着缤纷的是八月

一珠碰响三千里沙原的是八月

……

八月的牧歌浓似酒

八月的阳光最年轻

总是撩人诗欲的草原八月呵

草原日出

为阴山镶上金边的是你吗？

为翡翠牧场铺起红地毯的是你吗？

为百花带来芬芳的是你吗？

为乘驼人牵走一轮冷月的是你吗？

为牧羊女拨开甜蜜的眼帘的是你吗？

舞袖撩起奶子香

带露的草尖托起挂着的希望……

久久伫立

心之花浇灌着憧憬

为了这一瞬间的辉煌

显现东方天宇孑然一身的壮丽

哦我的太阳

你用血

用殷红的图案供奉

果真是在涨大潮吗？

爱的潮汐在脚下奔涌……

撞上去

撞进你的怀里吧

哦我的太阳

让心灵熔入你圣洁的钟声……

啊快把相机打开吧

让镜头对着蔚蓝的苍穹

把我和你摄在一起

——我的太阳

骄傲的期待

久久的期待

才让我理解你

理解你呵

征服黑暗赴死的光荣

这才叫人生！

草原之夜

总是炫耀晶莹

炫耀蔚蓝

炫耀透明

炫耀着压住毡包低飞的云絮

……

一切都赤裸着

点着爱的火

当橙黄的太阳在天边发酵

醉意挂在阴山

当潮湿的大森林那边

泻下大堆大堆的黄金

你的气息才隐隐透过

当黄昏风裹住奶子酒和烤肉的醇香

一阵又一阵撩拨

你这才步履蹒跚

穿上黑色的睡袍

你仿佛才真正出现

而不是在我的想象里

呵夜宿乌兰图格草原

我经不住你的诱惑

这一夜

我采撷所有的星座

这一夜

我飘进了古老的牧歌

惠安女

地是黄的
海岬是黄的
一群回窝的小黄鹂
层层浮动的黄云

在香火袅袅的海娘娘庙里
在这文明与愚昧结伴的金三角
又撞上你
不动声色
以古代部落的装束
袅娜多姿的身影
海浪一样深色隐秘的眸子
正走向摄像机
走向掩饰不住的猎奇

吐气清雅的女子
槟榔一样的女子
阿拉伯湾"黑蘑菇"一样的女子

（总是用斗笠和花头巾把脸遮起来其实四处都长满眼睛）

银镯子一闪海变多情起来
把梦安排在浪间
被渔汉子画在船头
这样的女子自有一种妩媚

一代一代
你早就学会了
对付风暴的侵袭
吞下
男人出海后留下的孤独凄清
海岬一样长的苦难

天风浪浪水何澹澹
走在这闽海金三角
最深情最狂热的海上崇拜
只能对女性产生

成　长

——老街的孩子们

　　以口子窖享誉大江南北的原产地，安徽淮北市濉溪古镇尚有历史遗存，明清老街——青石板街。昔日，石板街商贾云集，遍布大小酒坊、银饰店、布店、药铺、杂货店、小饭馆。每到酒坊热酒刚刚出炉，满街酒曲飘香。此地产上等高粱米等多种原料，经过百年窖池发酵而酿出的甘醇琼浆让人不饮自醉，享有"隔壁千家醉，开坛十里香"的美誉。传说中古时期生活在这一带的竹林七贤中的酒仙嵇康、刘伶曾在这里对饮，酒酣畅饮中留下了"嵇康问道谁家好，刘伶答曰此处高"的对联。

　　如今商铺大多迁移，街道年久失修，小饭馆在老街繁华地段倒是一个接一个。一排排小矮桌直摆进街心。来这里喝小酒的、

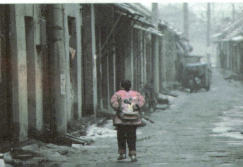

吃小吃的络绎不绝。特别是傍晚，食客男女，接踵而来。烟熏火燎中，长长的吆喝声，裹着扑鼻的酒香、菜香，颇有地方特色的水煎包、油茶、鳝鱼面筋汤、烧饼、烧烤，满满当当地摆在一个个小桌子上，让当地人在这大露天里实实在在享受了一顿美餐，从红日西沉直到掌灯时分，这些欢笑逗趣着的食客一个个吃得汗涔涔的，全然不顾这老街上孩子们在这里玩着、耍着。

临街因大都是做买卖的铺面，不宽的街心正好为孩子们的玩耍提供了共享的公共空间，喜扎堆的孩子们在其间发挥着自己的天性，从后院里走出来总想玩个够，有的孩子往往借着打酱油、买包子的机会出来一直玩到天黑才回家。

对这个特殊群体的关注是因每年总要来这里几次，来得多了，自然会产生联想，会把目光、镜头对准青石板街上的孩子们身上。

他们在相对简陋、相对封闭的生活环境下，不乏天真、纯洁、善良、稚气、童趣，也使我想起我的个人童年。也就是说，在他们身上我看到了自己的影子！拍照片有时候就是要有拍自己的感觉。（我的老家在安徽宿州符离集，白居易小时候在那里居住过，留下"离离原上草，一岁一枯荣。野火烧不尽，春风吹又生"的千古名篇。小时候我和小伙伴在老街上推铁环、打琉弹、斗鸡，也到老街旁边滩河里摸鱼捉虾等。）我拍他们感觉是在自拍，拍自己，拍和他们一样的苦涩的痛并快乐着的童年。

我为他们的成长默默地祈祷。

附录一：行者无疆

赵 勇

一

为者常成，行者常至。

晏子两千多年前说的这句话，今天用在淮北师范大学张秉政教授身上，是再合适不过的了。

做了二十几年大学报刊总编的他，职业的角度要求他知识要宽，知识储备要丰厚。他告诉记者，"作为一名学者，读书要博、广、多，否则会影响自己的判断力"。几十年风雨兼程，张秉政教授身体力行，从诗学到古典文学、历史学、民俗学、传播学、影像学，在学术和艺术道路上一路攀登。他著述颇丰，先后出版了五部学术专著，诗集一部，学术文章发表近百篇，其中两部学术专著获安徽省哲学社会科学优秀成果奖（省政府奖），古典文学《刘基寓言研究》还获得中国寓言文学最高奖（金骆驼奖）。他研究的造诣成为在近百年研究刘基的学者当中不能不提的人物。他的诗歌创作发表在《人民文学》、《星星》诗刊、台湾《葡萄园》等海内外十几家杂志上，出版了诗集《群峰之上》，他的诗歌评论文章发表在当代最权威的《文学评论》等理论刊物上，应邀出席世界华人诗歌论坛，出版了《当代新诗观察》著作，其人其作被海内外多家媒体评介。

他诸体兼工，有散文《关于泡桐的记忆》《乌兰草原的山岩》《小镇的另类》被选入《当代儿童文学名家名作导读》《成长的花朵》等书中，作为中小学生课外阅读书籍，展示了他的才情学识。

天道酬勤。圈内外的人还说他是"一个迟到的摄影家，一个具有探索精神的学者型的摄影家"。他的同事和朋友们却惊讶不知道他什么时候竟迷上了摄影，看他出门时常背起一个鼓鼓囊囊的大摄影包，拿着一个大架子，沉沉的，一副征战万里行的样子，看他那专注的神色都笑他痴迷。"取法乎上，仅得其中，虽不能至，心向往之。"他是干什么都倾注热情的人，他在摄影上一发不可收，近十年来，他另辟蹊径，一边在大学里做着教学和研究，一边放飞田园做田野考察。用相机记录着秀美山川，物质

的和非物质的文化遗存，把摄影与文化活动结合起来，一边写，一边拍，照他的话说，"探索和拓展着艺术与心灵的新空间"。

近年来他先后在《人民画报》《摄影世界》《中国摄影家》《中国摄影报》《中华文化画报》等国内核心期刊发表作品数百幅，摄影文化专题多个。连续获 2006 年、2008 年上海国际郎静山摄影艺术奖金像奖，出席上海国际摄影论坛，2009 年他的摄影作品《江淮古茶镇》系列代表安徽摄影家在第八届中国摄影艺术节暨大理国际影会展出，赢得海内外不少摄影名家的赞誉。中国摄影家协会顾问著名摄影家袁毅平亲题"抓拍生活原态，生动自然，富有历史价值"。美国洛杉矶摄影协会向他发出来美办展的邀请。不久前，他又出席了中国摄影家协会主办的第九届摄影高层论坛，他提交的关于纪实摄影的论文受到方家好评，新疆、山西、河南等省纷纷向他发出讲学的邀请。张秉政说："我是一个停不下的人，一生注定了，在学术与艺术之间厮磨。"

二

行者无疆，行者，行走的人，无疆，杳无边际。在乡间，边地穿行，他认为是一种很好的生活方式。

2001年，在西部边陲，在中哈边境的阿拉山口，这里经年大风，刮起来没完没了。在大风未刮起来时，他想在哨卡上借迷人的落日为守卡战士拍一张肖像。在哨楼上，踉踉跄跄的他怎么也站不住，撑不开三脚架，靠着楼壁相机也端不住。一位战士突然拦腰抱住他，让他吃了一惊，在战士的怀里他看到下面不远处一道亮丽的风景"祖国万岁"四个用鹅卵石镶起涂上白漆的大字在夕阳下熠熠生辉。他怦然心动，为守边战士拍了一张永远难忘的动人落日剪影。"战士，顶风石"，"顶风石，战士"他返校后写

下了《阿拉山口的风》散文，寄给了新疆，发表在当地媒体上。一组图片，交给了《安徽画报》，不久也发出来了。

2005年元旦，黄山下了好大一场雪，清晨四五点钟，他和同伴一起穿峰前行，上始信峰顶拍日出。尽管裹着厚厚的大衣，但在零下二十多摄氏度的山顶上，还是感到那么单薄。可一见到雾霭中微露动人的霞光时，他就陶醉在快门的"咔嚓"声中了。

张秉政的摄影爱好可以追溯到"文化大革命"时期。那是一个图片资源极其匮乏的年代，甚至连人的视觉都受到控制。第一次接触相机，是家乡公安局的一个熟人借给他用的。那时，张秉政只是拍拍自己，拍给自己看。之后，他上山下乡，当农民，做矿工，当教师，然后作为恢复高考后第一届大学中文系学生留校任教。

正式拿起相机时，张秉政已是校报总编辑了。因为宣传工作的需要，他拍过一些新闻图片。此后，他又从事学报主编工作，由于长期俯首案头，患上了腰椎间盘突出，不得不围着一块铁制护腰走路。为了调整自己的生活状态，他带着相机跋山涉水，走进山水田园。

张秉政说："放下案头工作，一亲近自然，劲头就来了，护腰也甩开了，像换了个人似的。镜头那一面的世界太精彩了，每次在镜头前都有一种初恋的感觉。"

从拍自己，拍给自己看，到拍身边的人，身边的物，再到在各大报刊发表作品，于是，2000年美术学院开设摄影课程时，主动请他担任授课教师。

这时，随着家庭经济条件的好转，张秉政买了一台比发烧友高级一点的相机。有了"武器"，他利用带学生教学实践、出席

学术会议的机会以及寒暑假等一切可能的时间进行创作。

张秉政说："现在是个读图时代，影像的力量是巨大的。我要用'第三只眼'去表达自己的情感。"随着城市化进程加快，我国优秀的历史文化遗产和非物质文化遗产眼看着正在我们这一代人身边消失，作为一名知识分子，作为市民间文艺家协会主席的他坐不住了。"到民间去！到田间去！"他说，作为一个知识分子就要做一个"行动"的知识分子！走出书斋，走出名利场！把课题和研究带到民间去！

近几年，他配合市有关部门，带领民协近十多位同志主编了《淮北民俗》，填补了地方民间文化的空白。组织了十多位摄影家冒着酷暑严寒遍访民间，与市摄协联合举办了淮北地区首届民风民俗摄影展，民俗文化进大学校园等活动，新华社等中央到地方一些媒体均作了报道。去年他又主持了安徽省省级课题《皖

北地区非物质文化遗产的开发与保护》研究，积极参与地方申遗工作。

他立足淮北这块热土，遍访全国，走向海外，跋山涉水觅新知，民俗文化释放出的能量与气息深深地吸引着他。在边看边拍边写的过程中，他渐渐地想着如何把写学人的田野考察与摄影人的审美眼光结合起来。

临涣历史悠久，文化灿烂，飘着茶香的古镇是他常常带朋友和学生造访的地方，他与地方艺人和老茶客结为朋友，老茶馆里挂着他拍摄的图片，为了民间文化发展他上下奔波，地方镇政府授予他荣誉公民称号。

因研究刘基得名，刘基故里浙江丽水学院聘他为兼职教授，他前几年每年到丽水学院讲学时，常独自一人在楠溪江边农家小住时日，遍访古村落，那些古镇、败祠、旧宅在他眼中幻化成了一个个民间博物馆。在考察基础上写出了《刘基故里历史文化的

呵护与弘扬》近万字的学术文章，出席了在中国温州召开的刘基文化国际学术讨论会。他在主题演讲中说："这些赖以生存的基础（指刘基故里古建筑），也是人类精神的气场，缺了他，人类就缺少了归宿感。在今天，在城市化的进程中，我们的城镇、我们的建筑正趋向一个模样，这太遗憾和可怕了，我们生活的乐趣和快乐也渐渐失去……"中央媒体和欧洲侨报等媒体均作了报道，在会上引起了不小的反响。

2001年至2003年两个暑假，张秉政跑遍了南北疆。他沿着古丝绸之路，过火辣辣的吐鲁番，远眺塔里木河；深入草原，触摸了亚洲腹地；行走在帕米尔高原，穿越塔克拉玛干大沙漠，行程八千多公里。

茫茫戈壁，浩瀚大漠，皑皑雪峰，绿洲草原，域外风情。他一次次被感动着，他的心一次次被撞击着。在粗犷和雄浑的牧歌

声里，他不停地拿起相机，让那一派派风情，一段段沧桑，一个个生命的奇迹，在时空隧道里定格。

他说："到过大西北的人，才知道什么叫丰富，什么叫天，什么叫地，什么叫大美，什么叫大气魄。回来后感到浑身充满了生命力。"一次次旅行，一次次下乡或去边地考察，精神渐渐进入了乡村、边地，2009 年 8 月暑假，他在大理举办国际影展后深入滇西南三江并流的少数民族聚集地进行民俗考察，在崇山峻岭中，他深入彝族、白族、布依族等部落，黝黑的山民，衣服上刺绣族群的"史记"，贝叶书上写出图画，花纹一样的文字让他震撼，走在茶马古道上，恍如隔世。"春阳在牛背上播种，石罅流出的是画是诗。竞相生长的原始活力，这里是植物的天国。找不到矫饰的面孔，裸露的是生命的本质。"他行吟着，全然不顾高原缺氧，头疼难忍，背着沉甸甸的行囊在沟沟坎坎中跳来跳去，忘情地拍摄。回来后他瘦了一圈，但眼睛放光，他把这二十多天的滇西南考察称为"一次生命与艺术水乳交融的精神流浪"。

虽然是"半路出家"，但在摄影这条道路上，张秉政却是越走越远。多少年来，无论严冬，不分酷暑，他北上俄罗斯，南下印尼，西征新疆，东赴江浙，足迹踏遍世界各地，拍出了几万张很有保存价值的图片。

其间他写了不少摄影札记和摄影学术论文，作为中国摄影教育专业委员会理事，中国摄影家协会会员，他担任了省、市各种摄影赛事的专家评委，并以自己的艺术实践、感悟、理念来指导学生，提升他们的视觉修养。他常带着学生上山下乡采风，和学生泡在一起，手把手地教学生拍照，不断地撷取一个个精彩的瞬间，采风归来后他每年都要为学生办一个影展。他的一些学生也在全国及省市影展上频频崭露头角。他还开博客与学生交流，他更希望他的弟子从学摄影中领悟人生的真谛，培养探索、拼搏、不怕吃苦、坚忍的品格。

在数字时代的今天，随着摄影门槛的降低，只要下功夫，拍出几张好照片对谁来说都不是难事，难能可贵的是既能拍出好照片，又能在理论上有所建树。这两样，他都做到了。

三

行者无疆，思想无疆，艺术才会无疆。

正因为张秉政是个行者，是个思者——虔诚地去拜谒那些遥远而陌生的山川，不竭地去思索那些深邃而神秘的文化，狂热地去追逐那些沧桑而光辉的岁月，所以他的作品才会给人以思想的触动，心灵的震撼。

他用镜头关注人生，关注社会甚至自身的命运，表现繁华世界后面的孤寂、伤痛、焦灼与郁闷，时尚背后的迷离，以镜头语言塑造现代人们的精神诉求。

这样的摄影，对他来说就变成了一种责任，一种文化活动。张秉政是个易激动的人，也是个诗意的人。他说："摄影是一个追魂的艺术，一旦陷入就不能自拔。"

滇西南，淮河边，明皇陵，临涣古镇。他吞吐吸纳着民间灵气的滋养，他留下了多彩斑斓的艺术踪迹，他也找到了一种适合自己的有生命力的表现形式。

他说："急骤变革的现实生活太丰富、太厚重、太刺激，需

要用'第三只眼'去观看、去体悟，用影像去记录，留下历史的永恒。我要在摄影里烙下我的印记、我的情感、我的人格。"

古言云："杂树生花，群莺乱飞。"正是因为有了万紫千红，才有美丽的春天；正是有了多样的爱好和对艺术无止境的追求，才有张秉政生活中的无限精彩。

已年过花甲的张秉政，面对即将到来的退休生活，他说："依然有风过群山，花飞满山，春天来临的心境。"

（作者单位：南方都市报）

附录二：运河十年写春秋

写在大运河成功申遗十周年之际

张秉正

运河行走八千里，胜读史书二千年。行走大运河十年，虽很艰辛，也收获颇丰。三条运河的历史文化家底初步摸清。当然很多事情还要做，整理，消化，提炼、著述、讲学……余生只做这一件事，也难以做好。光是在运河两岸拍摄的数百座古桥，就够我当下忙活一阵子了。行行复行行，生命的待悟，体悟都在进行时。丰赡厚重的千古运河打开了千重门。

当年"行走隋唐大运河"活动在社会上曾引发普遍关注。发起"行走隋唐大运河"活动，最主要的原因是我对这条曾经流淌在淮北大地上的古运河有着非同一般的感情。我老家是安徽宿州的，就在老濉河的边上，而濉河是汴河的支流，过去有"汴水入濉"之说。我父亲原来在西藏工作，我跟着奶奶在古符离集生活。小时候，我常常和小伙伴们一起在河里洗澡、游泳、捉鱼、摸虾，那时候真是清亮亮的河水、蓝莹莹的天空。夏天来临的时候，我们就睡在大堤上，听那里咕咕的蛙鸣，看点点的萤火。这条河就是我儿时的朋友、我的伙伴，我对它太有感情了！虽然那时候我并不知道白居易曾在这里生活了十几年，写下了"野火烧不尽，春风吹又生"的千古名句，还与农家女子湘灵留下了花前月下的影子，但也隐隐约约感觉到古符离承载了太多的美好过往。我爱家乡的山山水水，爱那里的风土人情，爱那里的一草一木，有一份极为特殊的故乡情结，自然对家门口这条曾经拥有过辉煌的地下千里文化长廊（隋唐大运河通济渠现已深埋黄沙泥土中）有一种天然的亲近。

最根本的原因，就是想为淮北的加快发展做点实事吧。恢复高考后我在淮北师大读本科，毕业留校工作了四十多年。宿州和淮北对我来说，真可谓"出生于斯，成长于斯，服务于斯"。

淮北"建市不长历史长，城市不大贡献大"。当得知淮北于2007年也被列入中国大运河申报世界文化遗产城市之后，作为多年对地域文化有着浓厚兴趣的我，自然对大运河申遗这种造福千秋后代的事情非常的钟情。如果申遗成功了，那可是世界文化遗产，一定是淮北最漂亮、最厚重的城市金名片。作为民间力量，以行走大运河的方式来助推大运河申遗工作，也就成了我义不容辞的责任。

行走时我已不年轻。有句话叫"丈夫为志，穷当益坚，老当益壮"，人到老年，我认为我又迎来了第二个春天，还想为社会做些有益的事情。"青年搞创作，中年做学术研究，老年做乡邦文献"。我就是按这个路子走的。

我好游历，文人大都喜欢。古人云"闭门读经，开门迎宾客，出门寻山水"，人生三乐矣。行走运河断断续续十年，耳濡目染了中原大地的厚重，河北燕赵的苍茫，齐鲁大地的雄放，江南的秀丽雅致。

说实在的，我发起"行走隋唐大运河"是有一定基础和底气的。这些年来，除了在国内做过多场中国传统文化系列讲座外，我还一直在关注地方文化、民俗文化。我提出要做一个行动的知识分子，不能老是在象牙塔里、在书斋里头打转。当然，我还有过多次外出采风的实践，到过浙江、云南、皖南、黄河沿途和大西北等地采风，这次为申遗而发起的"行走隋唐大运河"，跟我原来做过的事情是一种衔接，有一种内在的联系。正因为我在民俗学、社会学、历史学、地理学、影像学等方面有了点积累，也有了点眼光，还有了点能力，才想去做这件事情的。

行走运河多年，对于举世瞩目的中华民族伟大工程有了更深刻的认识，对其文化生命和魅力更有了领悟。申遗证明了世界上其他人工构建的伟大运河工程都无法与它比肩。我逐步意识到，构建千古运河与当下的对话是运河学者义不容辞的责任。

十年前，中国大运河申报世界文化遗产，为助力运河申遗，我与淮北市人大原副主任余敏辉教授共同策划组织了一场行走隋唐大运河文化考察活动。想法得到了淮北相关党政单位，特别是

市隋唐大运河文化研究会的大力支持。

提起大运河，人们往往想到的是还在通航的京杭大运河。我所在的淮北市，百姓鲜少人知，在我们境内穿过的还有条湮没在历史和黄土之中的隋唐大运河。

作为隋唐宋时期帝国的生命线（漕运），它枢纽天下，临制四海，舳舻相会，瞻给公私；昔日的辉煌逐渐湮灭被遗忘。

在这种历史文化背景下，我们的考察当时由文化学者、民俗专家、摄影家、新闻记者组成，沿着以隋唐大运河遗址本体为文化线路进行全方位综合考察。共计花了三年时间，跨越五省、两个直辖市，涵盖了以洛阳为中心，以通济渠（从洛阳到扬州）、永济渠（从洛阳到北京通州）为半径，途经30余个地市县进行实地考察，初步摸清了隋唐大运河历史文化家底。我以实际考察获取的大量考古资料和影像资料、访谈录等作为研究运河依据，考镜源流，辩彰学术，条分缕析，归纳梳理、整理，撰写成《运河·中国：隋唐大运河文化考察》，于2019年初，由北京时代华文书局出版发行，约60万字。《运河·中国：隋唐大运河文化考察》被运河专家誉为"隋唐大运河纸上博物馆"，入选中国大运河书香榜单。

这也有些出乎我的意料，对我是莫大的鼓舞和鞭策。拙著被国家重要媒体持续报道介绍，并在海内外如中国国际博览会、扬州运河国际博览会、上海 2019 读书节，台北、无锡、深圳等地书展展出。我也多次受邀在安徽博物院、上海交大等院校及运河沿线城市杭州、淮安、山东台儿庄等地作大运河文化学术报告。

通过世界文化遗产视野下的综合历史文化考察，不仅是对大运河文化进行探索和研究的自觉行动，更是凝结着我对大运河深厚情感的一次缅怀之旅。

众所周知，中国大运河是世界上建造时间最早（约为 2500 年前，吴王夫差因讨伐齐国而修建邗沟），使用历史最久，空间跨度最大的人工运河。在流淌数千年的历史中，为中国经济发展社会进步和文化繁荣作出了重要贡献。

谈起中国大运河，它应是当今三条运河的总称，一条是隋代贯通的以洛阳为中心，北到涿郡（北京），南到杭州的隋唐大运

河；第二条是在六百年后元代裁弯取直的京杭大运河；第三条是从杭州到宁波的浙东运河。这是申请世界文化遗产后成为完整的中国大运河概念（申遗时有专门的名词：三条运河捆绑申遗）。随着个人对运河越来越深入了解和研究，我深感走完隋唐大运河还远远不够，于是又产生了要继续走完这三条运河的心愿，也算是我在有生之年的一个愿想。

为了弘扬运河世界文化遗产价值，讲好中国运河故事，就需要对这样复杂变化的时空体系，散落在运河两岸的世界文化遗产、运河记忆认真梳理整理，真正把整个大运河的历史文化家底摸清。这就需要在历史文献掌握基础之上，进一步实地考察发生急剧变化着的当今社会发展时期，对运河经济、文化、科技成就、河道变迁、水工设施、两岸城镇乡村村落、地理风貌、百姓生活、历史事件等一一作出记录。这是当下社会急剧变革的需要，也是第一层原因。其二，随着中国大运河 2014 年申请世界文化遗产成功，大运河沿线各省市已从当初申遗热转化为大运河文化带热、大运河国家公园建设热。各地响应习近平总书记指示把大运河保护好、传承好、利用好的号召。国家层面上重视有着顶层设计，从各地地方政府、民间组织来看，纷纷编制规划、出台方案，有的组织地方立法，目的打造中华文化高地，再现大运河开放天然属性，活化传承，将为新时代讲好运河的中兴故事奠定基础。其三，为了完整展现大运河历史文化辉煌，作为个人应当把未走完的运河之行，如京杭运河山东段、江南河的部分和浙东运河，继续走完全程，比较全面、多方位、多角度，从历史文化、经济结构、风土人情、水工设施、物质和非物质文化遗产等尽可能一网打尽，搜集、整理、消化、浓缩，深入了解大运河历史文化和精神意蕴。

大运河从时空、地域、遗产类别等比较，经济和文化价值甚高。它在历史与现实交融中蕴含着丰富的精神内涵，承载着丰富的历史价值，是不可穷尽的，永不枯竭的历史文化、科学技术、文学艺术的宝库。

行走隋唐大运河时我已步入老年，今年已经 77 岁，还能不能完成心愿，我也在犹豫中。毕竟岁月不饶人，不能不服老。可我信奉"君子不恤年之将衰，而怯志之有倦"。心灵沾着暮气的人是不能行驰千里的。我现在居住在上海，先打点行囊，把江南运河、浙东运河走完。疫情时紧时松，我就见缝插针，好在路程近，说走就走，在家做好"功课"。就这样分了五个时间段，与学弟丁晓平、弟子仇菁、张诚、刘明永，基本上走完了江南运河和浙东运河。

今年四月，我从上海来到山东最北部地区德州市，与摄影家周璐老师一起，驾车沿着古运河线路，从德州、临清、聊城、阳谷、阿城、东平、济宁，直下微山湖南阳古镇，历时十八天，把京杭运河和山东段考察补上了。这样中国大运河基本上行走完，下段时间再补上走得不够细密、不够扎实的地方，补差补缺，真正得到了进入中国大运河文化研究的入门资格。

运河的历史文化考察在第一次行走时认真作了准备，可以说积累了较为丰富的经验，今天看来仍是行之有效的。当然也有不

足，还要在策划、计划上更严密一些。仍以大运河古河道为线，以古河道为本体，注意历史文物的原真性，以河岸重要城市、古码头、古桥、仓储等运河遗址为考察点进行，力求将大运河历史与现状，生态环境与变迁，沿岸风土人情和百姓生活进行全方位展示。归纳为世界遗产点、大地风貌（运河风光、城市风貌），市井生活，民俗文化与非物质文化遗产四位一体的综合性考察。特别是物质文化遗产与非物质文化遗产结合起来考察。历史文化考察注意提高学术品位。考察中文字记录、影像记录，小视频、口述史、访谈录一起来，力求建立起运河历史文化的信息库，影像资料库等。总的来说，学术的自觉性更高了。

当下沿运河不少媒体、院校社团、科研单位，个人背包客齐涌运河，大多仅限于一城一地，游览观光，以印象记为主，内容较单一。我特别强调要做知识储备，在家做好功课，凡事预则立，不预则废。在确定采访对象之前应当设立预案。比如，我所关注的是一个什么问题？为什么会发生？现在进行的程度如何？它与历史有哪些链接？最后才生成的结果是什么？产生的影响会是什么？传播渠道是什么？依据这样形成采访提纲，真正能有收获。考察结束时考镜源流，辩彰学术，条分缕析，归纳梳理、整理。要下大力气。

事不目见耳闻，而臆断其有无，可乎？（苏轼语）"采风调查要下真功夫。以考察永济渠的渠首沁河口为例：古代，焦作地区是水资源比较富集的地区，境内的沁河是黄河下游的最大支流，也是永济渠的源头。沁河古称沁水，也称少水，隋朝时沁水分流为永济渠所利用的源头处，多数专家学者认为在今武陟县小原村附近。我们考察组决定到永济渠的渠首沁河口一探究竟，车到小原村，寻当地人一问三不知。经过多方打听，考察组终于沿沁河岸 30 多公里，在河南武陟县嘉应观乡境内的沁河左堤和黄河左堤交汇处才找到了沁河口的踪迹。在一条小道的旁边，一座高大的石碑立在路旁，上面写着沁河口的标志和介绍，道路下方便是当地的名寺——白马泉寺。

老夫聊发少年狂。说我一直处在十分亢奋状态中，这话一点不假。能与大运河近距离的亲密接触，能做这么一项了不起的文化工程，能为社会尽自己的一点绵薄之力，心中那个高兴劲，那个激动，无以言表。另外，人民网、新华网、中青网等国内众多权威媒体，所在省市安徽日报、安徽网络电视台、淮北日报、淮北电视台等十多家媒体连续报道行走运河之事，（中国青年网持续报道了两年，发了 52 期稿）产生了十分积极的影响，这既是对我们的褒奖，也是在鞭策着我们把事情做得更好。

说到艰辛和意外，那也是实实在在的。作为这个行动的组织者和总策划，我白天要采风访谈，晚上还要挑灯夜战，如拟定第二天行程、安排采访计划，与采访的当事人联络，与见证人沟通等；还有，摄影、写作我得参与和把关，以及收集整理文献、图片与文物资料，还要改稿、定稿和联系发稿，几乎是天天起早贪黑。当下我这个年纪，这个身体，也束缚着我。曾因行走大运河崴伤骨折的脚，一着凉一受累就会脚肿、脚麻，疼痛不已。十年行走运河，我已与运河互为知音，多年的调查体验和思考取得很大的收获。我和我的团队在考察过程中的做法，是一方面要在成书中体现可视性，可赏性，可读性，数字化时代的需要，体现运河的人文价值，文化价值，遗产价值。另一方面要对历史进行反思，要有历史的感觉，体现沧桑变化。同时直指运河遗产，保

护，传承等问题，不能只报喜不报忧。要有生活的感觉，即现代生活有古代的映衬；文化的感觉，即通过服饰、装束，人与人言语交流，在器物上，语言上要有文化的东西。还有一方面要有流动的感觉，体现出行走，体现出运河活态的文化特质，同时要有温馨的感觉，总之多角度，全方位，立体化，体现出深度，高度，温度，整体来提高作品的完成度。

大运河的地理位置主要是在中原地区、中东部地区，它折射出的生活现状，基本可以说代表了大部分中国人的普通生活水准，它介于落后与发达地区之间，因此具有普遍意义，用历史学、文学、文化学、民俗学等意义的眸光打量往日的状态和今日的现实也就是自然而然的事了。回溯过去就是为了今天，让口述、文字、影像建立起立体式的叙事通道，这正是我们要做的事情。

考察其中市井生活、民俗文化、非物质文化遗产，它可以折射出自古代到今天的各种人的生活，上至宫廷、皇上、达官贵人，下至黎民庶人、贩夫走卒，他们的衣食住行、婚丧嫁娶、吹拉弹唱、娱人娱己文化、宗教信仰、建筑，这些无不彰显着社会意义和文化背景，都需要我们去深入挖掘。例如，我们考察了水神庙、火神庙、人祖庙，就涉及到宗教信仰问题。我们以酒文化为例，在这条文化线路上有苏北的双沟、洋河，淮北的口子窖，亳州的古井，商丘的张弓，周口的宋河粮液，一直到河南洛阳的杜康酒，这一条线上都与地理气候等有关系，都在同一个纬度上，土壤适合于谷物生长，成为做酒的原料，水好、原料好，再加上交通便利，汴水西至入京，东通江达海，这就成了中国黄淮海平原上的美酒基地、销售旺地。就这酒，古代有，一直到今天，仍然还是活跃在这条维度线上，形成运河酒文化带景观。

我们考察当中，也重点关注了地方戏曲、民间文化和民间艺术。在苏北听拉魂腔泗州戏，在淮北听花鼓戏、梆子戏，到河南听豫剧，我们什么感觉呢？粗犷、喜悦、高亢，有时如泣如诉，体现着一种苦，体现着一种愁，亢奋如风吹沙丘。

然而，我们到了扬州、苏州以后，听评弹，如流水，如莺啼、婉转、细柔、绵长，杏花春雨江南。南北戏曲文化上的不同，折射出南方人与北方人文化品格上的差异，这正是一方水土养一方人。之于北方，这个水就是大运河水，这个土就是运河两岸之土，它给了我们气血之养。

尽管千百年山河易貌，行政区域不断划分，但是相对稳定的人文传统，产生出千年不变的共同的文化心态，我们听到的广大的淮北地区，甚至汴水到中游上游，楚人的豪爽躁暴，崇尚淫祀，便在这块土地上表现了出来，如在文化上、戏曲上、绘画上等，也有这种清奇曼妙的感觉。汴水东部地区尧舜禹汤遗教之地，且染齐鲁之风因而使文化又有重厚宽缓之感。文学也如此，对作家的精神气质和品行也有着潜在影响。法国著名的哲学家、美学家丹纳指出，"作品的产生取决于时代精神和周围的风俗。创作观念的成熟与形成也需要周围的人在精神上予以补充，帮助和发展，必须有某种精神气候、某种才干才能发展，否则就会流产。"

人是环境的产物，环境影响到人，所以大部分通俗小说都诞生在运河两岸，比如《西游记》的作者吴承恩就是淮安山阳（江苏淮安）人，就生活在运河边上，它里面写的唐僧的父亲陈光蕊携着妻子回故乡省亲，走的就是隋唐大运河，乘船由黄河入通济渠，最后到达淮泗。这是《西游记》，那么《水浒传》呢？表面上写的是北宋运河，而水泊梁山恰恰是黄河改道的决口，促成了梁山的水泊形成。黄河的决口改道，最后形成了梁山水泊。冯梦龙与凌濛初的《三言》《两拍》呢？经考察，他描写的就是运河的沙土文化。

汴水滚滚东逝去，浪花淘尽英雄。上至皇帝，达官显贵，文人墨客，各色人等，北上西上，南下东下，只要从运河经过，无不与运河产生一定的联系，一定的浸染，两岸风光，个人技艺，诗词比赋，"天涯同此路，人语各殊方"。货物中转，行旅歇脚，各种文化在这里交汇渗透，汴河使诗词充满了生机，也是运河文化发展的契机，所以才有李白、杜甫、白居易、韩愈、王维、苏轼等桂冠诗人在灯火酒楼，沙洲驳岸当中留下多少瑰丽的诗篇，有满耳是笙歌燕舞的，有一腔抑郁惆怅的，有豪放的，有悲愤的，有对亡国嗟叹的，有对功过是非评说的……运河造就了两岸文化万花筒一样的丰富性。今年杭州西兴运河论坛大家云集，主办方还就此邀我作了大运河与浙东唐诗之路的主旨发言。

这次考察浙东运河、江南运河，考虑到水乡的风貌，江南水乡，运河古城，纵横交错的水网河道，为江南带来多姿多彩，韵律无穷的古桥建筑艺术。"水巷小桥多"，桥成了运河文化重要符号和载体，也是古运河的重要主体之一。如绍兴、苏州，规模不等、形态各异的桥是解读运河最好的注脚，因而就把在浙东运河、江南运河考察古桥作为一个重要节点和切入点，如拱宸桥

（杭州）、广济桥（杭州），八字桥（绍兴），宝带桥（苏州），长虹桥（嘉兴）等等，考察了近百十座古桥。

认认真真到运河城市所在的城乡作田野考察，考察造桥的时间，历史重大事件，造桥的工艺成就，生态环境，桥发生的故事，桥的历史变迁。凡此等等，用文字、影像、口述史一一做好记录。人走桥，桥渡人，古桥给百姓带来方便，带来福祉。古代与现在，历史与现在，我们今天又能为古桥做些什么？这也是我思考的问题。《千年运河百座桥》图文相联的书稿近二十万字现已成型。

在京杭大运河山东段考察悉知，山东运河需要寻找水源，因为水源来自鲁中山地汶、泗两水系，两水系其特点，其一，降水

量小且集中；其二，鲁中山地起伏，山岩物质皆为花岗岩等砂质沉积岩构成，蓄水功能弱。在寻找水源上，还表现在要找地下泉水，另外设置湖泊等水柜（如东平湖）；其三，山东段地势北高南低，治水官吏与当地治水名人白英合作，在济宁城北地势较高南旺筑戴村坝拦汶河河水，俗称"七分朝天子，三分下江南"，因而成就了世界上有名的水利工程。

为了运河从南方到大都京城的畅通，从元到清代六百余年设置数十座船闸，用来控制水量，节省水源，通过交替启闭，形成梯级船闸，帮助漕运船只翻越高点，或渡过急流河段，因此山东运河因船闸较多称之为"闸河"。

因而在山东段考察期间，重点放在水利设施，放在各个船闸上（实际上北方以闸为桥），南北运河考察桥，内容则有所不同。

这次行走浙东运河与江南运河，大运河山东段又都碰到一个问题，寻找散落的世界文化遗产，必须离开运河所临城市，深入到乡村去寻找，必须像纤夫一样沿着古运河河道两岸奔走。不然田野考察只能是蜻蜓点水，如在浙江绍兴考察天佑桥，桥在袍谷洋江。桥有凉亭，亭中有碑，桥五孔，看图片甚为壮观。但今日走近，桥已拆除，接谈中当地居民因带来的不便颇有怨言，仔细考察，内河疏浚，此地已通大船。但是这座古桥被拆，风光不再。

在山东会通河（运河），冲风冒雨，寻找古闸，在阴冷寒气逼人的天气里，在旷野满地泥水里，我和山东德州周璐老师一起走遍了张秋，阿城，七级三座运河古镇，寻访大闸（现皆为世界文化遗产），走访了荆门上下闸，阿城上下闸等四座古运河闸，在七级运河古镇寻找上下闸，按照地理方位怎么也找不到七级上闸，天已渐黑雨又大，更感到阴冷，我和周老师雨中敲开大堤旁边当地居民不少家的门打听，好不容易才问出情况，才了解到七级运河古镇上闸已融入南水北调工程，消失了。

还有寻访国家非物质文化遗产张秋木版年画，在传承基地了解传承人情况，原传承人乔振霞已去世，传承当地的木版年画竟是从网上购来的，真令人哭笑不得。看来保护国家非物质文化遗产任重而道远。

这次行走，在南北方很重视了解运河最重要水工设施——桥（北方为闸）。前面已经谈到，这些古桥造桥技艺经历朝代不断变迁，其行业进步和传承是如何发展的？目前掌握这种技艺的传承人在哪里？情况如何？这些我们应当认真关注。

一句话，桥是物质文化遗产，造桥的智慧、技艺、手段、经

验乃至传承人都是非物质文化遗产和非遗保护的对象，这二者结合起来保护才能有效果。

在这里说到永济渠新乡市郊的合河古桥，2016 年我带队考察时，超 400 岁的运河古桥无人管理，杂草丛生，垃圾遍地，已经成为危桥。报载 2017 年当地政府重视，又进行整体维修，又重现了形体巨大，古朴壮观，气势恢宏的古石桥。桥重修了，珍贵文物得到保护，为了子孙后代留下一份宝贵记忆，还应当建立古桥生态保护区。

对大运河产生深厚的情感确与行走有关，是逐渐深化的。老僧之说家常话。这 10 年走走停停，出行的次数多了，但人一到运河城市就想往里钻，去看古桥古码头古建筑古街什么的，或者直接就搭车去城郊野外到乡间寻寻觅觅，寻找那些散落的世界文化遗产。它们仿佛排着队等着我说话似的，劲就来了，特别兴奋起来，就好像当年到大西北戈壁滩和天山南北一样，照片也就拍得大气起来了。仿佛冥冥中有一种神秘的力量在推着你走，甚至举着相机说，哈，在江南，你要多长一只绿色的眼睛呀，（在江南我的心也被染绿了）

提到世界文化遗产有必要说一说长城与运河。有人说，中国人不知道长城与运河的人绝少，但是真正了解中国长城和运河的人也不多，这话是对的，包括先前的我也是如此。

长城雄视千古，饱经沧海，作为象征，比喻为硕大无朋。它坚固刚毅，作为中华民族伟大工程的符号自有一种魅力，它誉为脊梁。而大运河至今还在流淌着，它是活态的世界文化遗产。它代表着开放，通达，流动，富足。中国人以天地为庐，大运河是鲜活的血脉，是一派活泼泼的真性情，充满着农耕文明田园牧歌的魅力，古意和温馨。在行走中我和我的团队都感受到古运河的

202

鲜活魅力,它上通古下通今,至今是依然迷人的历史文化长廊。在这个古老的华夏土地上宏大的空间维度上,一直在延伸着,散发出亘古的气息。说它是连接南北东西的纽带,更确切地说,他已融进了两岸百姓身上的脐带,这样讲一点也不为过,在大运河岸边焚香操琴,流水涓涓有好音。如诗如画,如梦如幻,这是生活具有本质意义的情调。

走在大运河的道上,特别是过京杭大运河山东济宁段到江南运河这一段,河面开始宽阔起来,千吨大船,波光帆影,灌溉,游览,运输,虹桥卧波,古桥纤道……大运河静静地流淌着,滋润着两岸的田畴,春江花月,如歌的行板,风光旖旎。后世的唐代诗人贾敬芳一曲《汴河怀古》"尽道隋亡为此河,至今千里赖通波。若无水殿舟事,共禹论功不较多。"后人尽享舟楫之利。大运河为财富之河不虚矣。

在考察中，我们一路行走，我们看到很多沿线城市颇具活力，运河沿线新开发的房地产房价都在上涨，但也有盲目地扩建新城、摊大饼现象令人担忧，一些老城的历史文化资源、生态环境不如人意。如果都去扩建新城，大搞开发区，造成千城一面，而真正的历史文化底蕴却没有被外界广泛的认识，而这些恰恰又是今天活力十足的源泉所在。我为何一再建言要抓老城区整治、抓历史文物保护利用，因为这些都是捧在手里的金娃娃，可惜的是我们并没有保护好、管理好。那么，大运河又该如何保护和利用呢？全国政协委员、原中国现代文学馆馆长、老舍之子舒乙先生说得好："最应该做的还是管理，管理跟不上会带来很大的破坏性。实际上，我们应该非常注意申遗成功以后的日常管理、日常保护、日常经营。这是非常重要的问题，也是我们的薄弱环节。"

早在 2006 年，我就提出了"以文化资本经营城市"这一理念。柳孜运河遗址的发掘和成功入选世界文化遗产，使淮北跻身于"运河名城"之列。具体到淮北市来说，在以文化资本运作和创造现代城市的过程中，当重点突出运河文化，以运河文化为招牌打造出一个有自己城市气味和色彩的生态城市，因此务必要发挥运河文化优势，注重运河有序有条件的文化开发，把运河文化与社会经济连接起来，以文化带动经济，以经济刺激文化，擦亮淮北运河文化金字招牌。而开发利用好柳孜运河遗址则是当务之急，其实也是它的文化价值的综合体现。为此，我简要提出几点建议，就不展开说了：一是从优势到强势，倾力打造柳孜运河遗址景区；二是从单面到整体，着力构建全市旅游宏大格局；三是从感性到理性，大力提升淮北文化精神内核。